LA VIDA
VERDADERA

Adeline Dieudonné

LA VIDA
VERDADERA

Traducción del francés de
Pablo Martín Sánchez

narrativa
salamandra

A Lila y Zazie...

En casa había cuatro habitaciones. La mía, la de mi hermano pequeño Gilles, la de mis padres y la de los cadáveres.

Corzos, jabalíes, ciervos. Y también cabezas de antílopes de todo tipo y de todos los tamaños: gacelas saltarinas, impalas, ñus, órices, kobos... Varias cebras amputadas, sin cuerpo. Sobre una tarima, un león entero con el cuello de una pequeña gacela entre los dientes.

Y en una esquina, la hiena.

Por mucho que la hubieran disecado, estaba viva, no me cabía duda, y se deleitaba con el pavor que infundía en los ojos de quienes la miraban. En las fotografías enmarcadas que colgaban de las paredes, mi padre posaba orgulloso, escopeta en mano, con animales muertos. Aparecía siempre con la misma pose: un pie sobre la bestia, un puño en la cadera y la otra mano blandiendo el arma en señal de victoria, con lo cual se parecía más a un miliciano rebelde con un chute de adrenalina genocida que a un padre de familia.

La pieza más valiosa de la colección, su mayor orgullo, era un colmillo de elefante. Una noche lo oí contarle a mi madre que lo más difícil no había sido matar a aquella bestia. No. Matarla había sido tan fácil como cargarse a una vaca en un pasillo del metro. Lo realmente difícil había sido contactar con los cazadores furtivos y escapar a la vigilancia de los guardas de caza. Y luego separar los colmillos de los restos aún calientes del elefante. Una auténtica carnicería. Todo aquello le había costado una pequeña fortuna. Yo creo que por eso estaba tan orgulloso de su trofeo. Le había salido tan caro que había tenido que compartir gastos con otro tipo. Se habían quedado un colmillo cada uno.

A mí me encantaba acariciar el marfil. Era suave e imponente. Pero tenía que hacerlo sin que me viera mi padre: teníamos prohibido entrar en el cuarto de los cadáveres.

Mi padre era un hombre enorme, ancho de espaldas, con complexión de leñador y manos de gigante. Unas manos capaces de decapitar a un polluelo como quien desenrosca una botella de Coca-Cola. Además de la caza, mi padre tenía dos pasiones en la vida: la tele y el whisky. Y cuando no estaba persiguiendo animales a lo largo y ancho del planeta, cogía una botella de Glenfiddich y encendía la tele, conectada a unos bafles que habían costado lo que cuesta un coche de gama baja. Fingía hablarle a mi madre, pero si la hubiéramos cambiado por un ficus ni se habría enterado.

Mi madre le tenía miedo a mi padre.

Y creo que, aparte de su obsesión por la jardinería y las cabras enanas, eso es todo lo que puedo decir de ella. Era una mujer delgada con el pelo largo y aplastado. No sé si existía antes de encontrarlo a él. Supongo que sí. Debía de parecerse a una forma de vida primitiva, unicelular, ligeramente translúcida. Una ameba. Un ectoplasma, un endoplasma, un núcleo celular, una vacuola digestiva. Y con los años pasados junto a mi padre aquella poquita cosa se había ido llenando de miedo.

Siempre me han intrigado las fotos de su boda. En mis recuerdos más antiguos, me veo buscando algo en el álbum. Algo que justificase aquella extraña unión. Amor, admiración, estima, alegría, una sonrisa... No sé, algo... Nunca lo encontré. En las imágenes, mi padre tenía la misma actitud que en las fotos de caza, pero sin el orgullo. Es evidente que una ameba no impresiona mucho como trofeo. No es muy difícil atraparla: un vaso, un poco de agua estancada ¡y hala!

Cuando se casó, mi madre aún no tenía miedo. Parecía sencillamente que la hubieran puesto allí, al lado de aquel tipo, como un florero. Al hacerme mayor, me empecé a preguntar cómo habían podido concebir dos hijos, mi hermano y yo. Pero pronto dejé de preguntármelo porque la única imagen que me venía a la cabeza era una acometida después de cenar, sobre la mesa de la cocina, con olor a whisky. Unas cuantas embestidas brutales, no demasiado consentidas y venga...

La función principal de mi madre era preparar la comida, cosa que hacía como una ameba, sin creatividad, sin gusto, con mucha mayonesa. Sándwiches de jamón y queso, melocotones con atún, huevos rellenos y palitos de pescado con puré de patatas. Básicamente.

Detrás de nuestro jardín estaba el bosque de los Colgaditos, un valle verde y marrón, dos cuestas que formaban una gran «V» en cuyo vértice se acumulaban
las hojas muertas. Y al fondo, medio enterrada por las
hojas muertas, estaba la casa de Monica. Gilles y yo
íbamos a visitarla a menudo. Nos había contado que
aquella «V» era el zarpazo de un dragón: un dragón
que había hecho el valle porque se había vuelto loco de
tristeza. Hacía mucho tiempo de todo aquello. Monica
explicaba los cuentos muy bien. Su larga melena gris
danzaba sobre las flores de su vestido y las pulseras
tintineaban en sus muñecas.

—Hace un montón, un montón de tiempo, no
lejos de aquí, en una montaña que ya no existe, vivía
una pareja de dragones gigantescos. Se querían tanto
que por la noche cantaban unas melodías extrañas y
preciosas como sólo los dragones saben cantar. Pero los
hombres de la llanura tenían miedo. Y no conseguían
conciliar el sueño. Una noche, mientras los dos enamorados dormían saciados de tanto cantar, aquellos
hombres malvados llegaron sigilosamente con antor-

chas y horcas de labrador y mataron a la hembra. El macho, loco de pena, carbonizó la llanura entera, hombres, mujeres y niños incluidos. No quedó nadie con vida. Luego, empezó a dar grandes zarpazos en el suelo. Y así fue como se formaron los valles. Con el tiempo, la vegetación volvió a crecer y los hombres regresaron, pero las huellas de los zarpazos permanecieron allí. Los bosques y los campos de los alrededores estaban sembrados de cicatrices más o menos profundas.

A Gilles le daba miedo esta historia. Algunas noches se acurrucaba en mi cama porque creía oír el canto del dragón. Yo le explicaba que no era más que un cuento, que los dragones no existían. Que Monica contaba aquello porque le encantaban las leyendas, pero que no todo era verdad. Aunque no dejaba de albergar una ligera duda en mi interior. Y cuando mi padre regresaba de una de sus cacerías, siempre temía que lo hiciera con un trofeo de dragón hembra. Pero para tranquilizar a Gilles me hacía la adulta y le susurraba: «Los cuentos sirven para meter dentro las cosas que nos dan miedo, así nos aseguramos de que no sucedan en la vida verdadera.»
Me gustaba quedarme dormida con la cabecita de mi hermano justo debajo de la nariz para notar el olor de su pelo. Gilles tenía seis años, yo tenía diez. Normalmente, entre hermanos y hermanas hay discusiones, celos, gritos, berridos, tundas. Entre nosotros, no. Yo quería a Gilles con la ternura de una madre. Le daba consejos, le explicaba todo lo que sabía, era mi

misión de hermana mayor. La forma de amor más pura que existe. Un amor que no pide nada a cambio. Un amor indestructible.

Gilles nunca dejaba de reír mostrando sus dientecitos de leche. Y su risa me daba calor, una y otra vez, como una minicentral eléctrica. Entonces le hacía marionetas con calcetines viejos, me inventaba historias divertidas, creaba espectáculos sólo para él. También le hacía cosquillas. Para oírlo reír. La risa de Gilles podía curar todos los males.

La casa de Monica estaba medio cubierta por la hiedra. Era hermosa. A veces, le daba el sol a través de las ramas, como si unos dedos la acariciasen. Nunca vi los dedos del sol sobre mi casa. Ni sobre las otras casas del barrio. Vivíamos en una urbanización llamada la Demo: una cincuentena de chalets grises alineados como lápidas. Mi padre la llamaba «la Demonstruosa».

En los años sesenta, había un campo de trigo en los terrenos de la Demo. A principios de los setenta, la urbanización creció como una verruga en menos de seis meses. Fue un proyecto piloto, el último grito en tecnología del prefabricado. La Demo. Una demo de vete tú a saber qué. Supongo que, en su momento, los que la construyeron pretendían demostrar alguna cosa. Quizá por entonces tuviera pinta de algo. Pero veinte años después sólo quedaba lo monstruoso. Lo bonito, si alguna vez existió, se lo había llevado la lluvia. La calle dibujaba un gran cuadrado con casas dentro y casas fuera. Y a su alrededor estaba el bosque de los Colgaditos.

Nuestra casa, situada en una esquina, era una de las de fuera. Estaba un poco mejor que las otras porque era la que el arquitecto de la Demo se había reservado para él. Pero no había vivido allí mucho tiempo. Era más grande que las demás. También más luminosa, con amplios ventanales. Y tenía un sótano. Parece estúpido dicho así, pero un sótano es importante: impide que el agua de la tierra suba por las paredes y las pudra. Las casas de la Demo olían como una vieja toalla enmohecida y olvidada en la bolsa de la piscina. La nuestra no olía mal, pero estaban los cadáveres de los animales. A veces me preguntaba si no habría sido mejor una casa que apestara.

También teníamos un jardín más grande que los demás. Con una piscina inflable en el césped. Parecía una mujer obesa dormitando al sol. En invierno, mi padre la vaciaba y la guardaba. Dejaba un gran círculo de hierba marrón. Y al fondo del jardín, justo antes del bosque, estaba el corral de las cabritas: un talud cubierto de romero rastrero. Teníamos tres cabritas: *Biscote*, *Josette* y *Nuez Moscada*. Pero pronto iban a ser cinco porque *Nuez Moscada* estaba preñada.

Un buen día, mi madre había traído un macho cabrío para el apareamiento, lo que había provocado una fuerte discusión con mi padre. A veces pasaba algo curioso con mi madre: cuando se trataba de sus cabras, le salía de las entrañas una especie de instinto maternal que le daba fuerzas para enfrentarse a su marido. Y cuando eso sucedía, mi padre acababa poniendo siempre cara de maestro superado por su discípulo. Con la boca abierta, buscaba en vano una réplica. Sabía que cada segundo que pasara demolería un poco más su autoridad como una bola de derribo demuele un inmueble devorado por un hongo letal. Su boca abierta se torcía ligeramente y emitía una especie de gruñido que olía a madriguera de mofeta. Entonces mi madre comprendía que había ganado. Por supuesto, lo acabaría pagando de algún modo, pero aquella victoria era suya y sólo suya. Luego, sin dar muestras de sentirse especialmente satisfecha, volvía a sus actividades de ameba.

Nuez Moscada estaba preñada, y Gilles y yo estábamos sobreexcitados ante la inminencia del parto. Aguardábamos impacientes cualquier señal que anunciara la llegada de los cabritos. Mi hermano se reía al escuchar la explicación que yo le daba sobre el nacimiento de las crías:

—Le saldrán por la patatita. Nos parecerá que está haciendo caca, pero en vez de boñigas le saldrán dos bebés cabra.

—Pero ¿cómo han entrado en su barriga?

—No han entrado, los ha fabricado con el macho cabrío. Estaban muy enamorados.

—Pero si el macho cabrío no se quedó ni un día entero, si casi no se conocían. No podían estar enamorados.

—¿Cómo que no? Se llama «flechazo».

Atravesando el bosque de los Colgaditos y cruzando el campo sin que nos viera el granjero llegábamos al gran terraplén de arena amarilla. Agarrándonos a las raíces, bajábamos hasta el laberinto de coches destartalados. Allí tampoco debían vernos.

Era un inmenso cementerio de metal. Me encantaba. Acariciaba las carcasas de aquellas bestias apretujadas, inmóviles pero sensibles. A veces les hablaba, sobre todo a las nuevas. Suponía que tendrían necesidad de que alguien las tranquilizara. Gilles me ayudaba. Podíamos pasar tardes enteras los dos juntos hablando con los coches.

Algunos llevaban allí mucho tiempo, y los conocíamos bien. Estaban los que no tenían casi nada, los que tenían algunos daños y los que estaban totalmente destrozados, con el capó despanzurrado y la carrocería hecha trizas. Como si un perro enorme los hubiera masticado. Mi favorito era el verde sin techo. Parecía que lo hubieran segado a la altura de la capota como la espuma de una jarra de cerveza. Me preguntaba cómo habrían podido segarlo de aquella manera. Gilles prefería el catapataplún. Así lo llamaba él: el catapataplún. Y la verdad es que era divertido.

Daba la impresión de que lo hubieran metido en una lavadora gigante, pero sin agua. Estaba abollado por todas partes. Gilles y yo subíamos a bordo y hacíamos como que estábamos en la lavadora. Yo me ponía al volante y gritaba: «¡Catapataplún! ¡Catapataplún! ¡Catapataplún!» mientras daba botes en el asiento para que el coche se moviera. Y la risa mágica de Gilles trepaba hasta lo más alto del terraplén de arena amarilla. Entonces sabíamos que había llegado el momento de salir pitando porque si el dueño nos había oído no tardaría en llegar. El laberinto era suyo y no le gustaba vernos jugando por allí.

En la Demo, los mayores nos habían dicho que el dueño del desguace ponía trampas para lobos a fin de atrapar a los niños que jugaban con sus coches. Así que siempre mirábamos muy bien dónde poníamos los pies. Cuando nos oía, venía hacia nosotros gritando «¡Pero bueno!» y teníamos que largarnos antes de que nos cogiera, volver a subir la cuesta agarrándonos de las raíces, superar el miedo que nos impedía respirar y huir lo más lejos posible de los «¡Pero bueno!». Con su cuerpo gordo y pesado, no podía llegar muy arriba en el muro de tierra.

Un día, Gilles se agarró a una raíz demasiado endeble y la raíz se rompió. Cayó en picado y fue a parar a pocos centímetros de las manazas que intentaban atraparlo. Brincó como un gato, lo cogí de la manga y nos escapamos por los pelos. Una vez arriba, nos reímos de miedo y fuimos a ver a Monica para contárselo bajo la hiedra. Ella también se rió, pero nos hizo una advertencia: más valía no tener problemas con aquel hombre. Nos lo dijo como quien no quiere la cosa, con su voz de bocina vieja y su aroma de playa: «Mirad, mequetrefes, tenéis que saber que hay gente a la que es mejor no acercarse. Ya lo aprenderéis. Hay gente que vive para oscurecer el cielo, para quitaros la alegría, para sentarse en vuestros hombros y que no podáis volar. Esa gente, cuanto más lejos mejor. Y él forma parte de esa gente.» Me reí al imaginar al dueño del desguace sentado sobre los hombros de Gilles. Luego volvimos a la Demo porque oímos la música: el *Vals de las flores* de Chaikovski. La camioneta del vendedor de helados, fiel a su cita, como todas las tardes. Fuimos a pedirle dinero a nuestro padre.

Gilles siempre pedía dos bolas: vainilla y fresa. Yo pedía chocolate y *stracciatella* con nata montada por encima. Pero la nata la tenía prohibida. No sé por qué, mi padre no me dejaba. Así que la sorbía a toda prisa antes de entrar en casa. Era un secreto que compartía con mi hermano y con el amable señor de la camioneta. Un hombre muy viejo, calvo, alto y delgado, enfundado en su traje de terciopelo marrón. Siempre nos decía lo mismo con su voz ronca y sus ojos sonrientes: «Coméoslo rápido, mozalbetes, antes de que se derrita, porque hace sol y sopla el viento, que es lo peor que hay para los helados.»

Una noche de verano, después de cenar los melocotones con atún de mi madre en la terraza de baldosas azules que daba al jardín, mi padre nos había abandonado ya para instalarse delante de la tele con su botella de Glenfiddich. No le gustaba estar con nosotros. Me parece que a nadie de mi familia le gustaba el momento de la cena, pero mi padre nos imponía aquel ritual igual que se lo imponía a sí mismo. Porque así era como debía ser. Las familias comen juntas, guste o no guste. Era lo que veíamos en la tele. Con la diferencia de que en la tele parecían felices. Sobre todo en los anuncios. La gente hablaba, se reía. Eran guapos y se querían. Nos vendían el tiempo en familia como un premio. Junto con los Ferrero Rocher, se suponía que ésa era la golosina que nos merecíamos después de las horas en la oficina o en la escuela. Pero en nuestra casa las comidas familiares parecían un castigo, un gran vaso de pis que teníamos que beber a diario. Las noches se desarrollaban siguiendo un ritual que rayaba en lo sagrado. Mi padre veía el telediario y le explicaba a mi madre las noticias partiendo de la base de que ella era incapaz de entender cualquier información sin su ayuda. El telediario era fundamental para mi padre. Al comentar la actualidad tenía la sensación de desempeñar un papel en la sociedad, como si el mundo necesitase sus reflexiones para actuar correctamente. Cuando sonaba la melodía que indicaba el fin de las noticias, mi madre gritaba: «¡A la mesa!»

Mi padre dejaba la tele encendida y todos nos sentábamos en silencio. Vivíamos como una liberación el momento en que se levantaba para volver al sofá. Aquella noche no fue una excepción.

Después de cenar, Gilles y yo nos habíamos levantado para ir a jugar al jardín. El sol acariciaba el atardecer con una luz que olía a miel caramelizada. En el vestíbulo, mi madre limpiaba la jaula de *Coco*, nuestra cotorra. Yo había intentado decirle que era cruel encerrarla en una jaula, sobre todo teniendo en cuenta que el jardín estaba lleno de cotorras. De hecho, parece ser que eran un problema, pues dejaban sin comida a otros pájaros más pequeños, como los gorriones o los herrerillos. Y a nosotros se nos comían las cerezas antes de que hubieran tenido tiempo de madurar en el cerezo del jardín. Su presencia se explicaba porque había habido un zoo a pocos kilómetros de la Demo, un pequeño zoo que había quebrado por culpa de un parque de atracciones construido no lejos de allí que le había quitado los clientes. Habían vendido los animales a otros zoos, pero las cotorras le importaban un bledo a todo el mundo y el transporte era demasiado caro, así que el responsable se había limitado a abrir la puerta de la jaula. A lo mejor pensó que se morirían de frío. Pero no se habían muerto, todo lo contrario: se habían adaptado, habían construido nidos y se habían multiplicado. Se movían siempre en grupo y dibujaban en el cielo grandes nubes verdes. Era bonito. Ruidoso, pero bonito.

Yo no entendía por qué la pobre *Coco* tenía que quedarse en la jaula viendo cómo las demás se divertían sin ella. Mi madre decía que no era lo mismo, que nuestra cotorra venía de la tienda, que no estaba acostumbrada a vivir en libertad. Menudo argumento.

Mi madre limpiaba, pues, la jaula de *Coco*. Era la hora del *Vals de las flores* y del helado. La camioneta se había detenido junto a la cerca de nuestra casa. El viejo heladero atendía a una decena de críos que se desgañitaban a su alrededor. Monica me había dicho que él no era como el dueño del desguace. Que era un buenazo. Cuando habló de él, vi que algo raro le pasaba en los ojos. Como los dos eran viejos, pensé que quizá hubiera habido algo entre ellos en otra época. Quizá una hermosa historia de amor estropeada por viejas disputas familiares. Por aquel entonces yo leía bastante novela rosa.

Cuando el heladero le dio a Gilles su helado de vainilla y fresa, me fijé en sus manos. Las manos de viejo son reconfortantes. Imaginar que aquel mecanismo tan preciso, tan sofisticado, funcionara y obedeciera a su propietario de manera inconsciente y desde hacía tanto tiempo, imaginar las toneladas de helados que habían fabricado, sin traicionarlo nunca, me daba fe en algo que no sabía definir. Y además eran bonitas, con aquella piel tan fina cubriendo unos tendones que casi quedaban al descubierto y unas venas azules que parecían riachuelos.

El señor me miró con sus ojos sonrientes.

—¿Y para ti qué será, mozalbeta mía?

Era mi turno. El pequeño texto que había elaborado me daba vueltas en la cabeza desde hacía cinco minutos. No sé por qué, pero cuando pedía un helado no me gustaba improvisar. Prefería que hubiera alguien delante en la fila para que me diera tiempo a decidir lo que quería y a construir la frase. Para que saliera bien, sin vacilar. Aquel día, Gilles y yo éramos los últimos, los demás niños tenían ya su helado y se habían ido a sus casas.

—Un cucurucho de chocolate y *stracciatella* con nata montada, por favor.

—¿Con nata montada? Marchando, señorita...

Me guiñó un ojo al decir «nata montada», como dando a entender que seguía siendo nuestro secreto. Entonces sus manos, como dos perros fieles, se pusieron en marcha y repitieron por cienmilésima vez su pequeña coreografía. El cucurucho, la cuchara de los helados, la bola de chocolate, el frasco de agua caliente, la bola de *stracciatella*, el sifón... un sifón de verdad, con nata montada casera.

El viejo se inclinó para hacer un bonito remolino de nata sobre mi helado con sus ojos azules abiertos como platos, concentrados en la esponjosa espiral, y el sifón rozándole la mejilla en un gesto elegante y preciso, con la mano muy cerca de la cara. Y justo en el instante en que alcanzaba la cima de la pequeña montaña de nata, justo en el instante en que el dedo estaba a punto de aflojar la presión, justo en el instante en que el viejo se disponía a erguirse de nuevo, el sifón explotó. Bum.

Me acuerdo del ruido. El ruido fue lo primero que me aterrorizó. Rebotó contra todas las paredes de la Demo. Y mi corazón se saltó dos latidos. Tuvo que oírse hasta en lo más profundo del bosque de los Colgaditos, hasta en casa de Monica.

Luego vi la cara del amable viejecito. El sifón se le había metido dentro, como un coche que se empotra en la fachada de una casa. Le faltaba la mitad. Su cráneo calvo estaba intacto, pero su cara era una mezcla de carne y huesos con un solo ojo dentro de su órbita. Lo vi perfectamente. Me dio tiempo. El ojo pareció sorprendido. El viejo siguió en pie dos segundos, como si su cuerpo hubiera necesitado un momento para darse cuenta de que ahora estaba coronado por una cara en carne viva. Luego se desplomó.

Parecía una broma. Incluso oí una risa. Pero no era una risa real, y tampoco salía de mi interior. Creo que era la muerte. O el destino. O algo por el estilo, algo muy superior a mí. Una fuerza sobrenatural que lo decide todo y que aquel día estaba con ganas de cachondeo. Había decidido reírse a costa de la cara del viejito.

De lo que pasó después, ya no me acuerdo bien. Sé que grité. Que llegó gente. Que gritaron ellos también. Y que entonces llegó mi padre. Gilles se había quedado de piedra, con sus enormes ojos como platos, la boquita abierta y la mano aferrada al cucurucho de vainilla y fresa. Un hombre vomitó melón con jamón de Parma. Primero llegó la ambulancia, luego el coche fúnebre.

· · ·

Mi padre nos llevó a casa en silencio. Mi madre pasó la escobilla bajo la jaula de *Coco*. Mi padre volvió a sentarse delante de la tele. Yo cogí a Gilles de la mano y me lo llevé al corral de las cabritas. Con la mirada fija y la boca entreabierta, me siguió como un sonámbulo.

Todo me parecía irreal: el jardín, la piscina, el romero, la noche que se nos echaba encima. O más bien aureolado por una nueva realidad, la salvaje realidad de la carne y de la sangre, del dolor y del paso del tiempo, lineal e implacable. Pero, sobre todo, la realidad de aquella fuerza cuya risa había oído cuando el cuerpo del viejo se había desplomado. Aquella risa que no salía de mí ni venía del exterior. Aquella risa que estaba en todo y por todas partes, igual que la fuerza de la que emanaba, y que podía encontrarme en cualquier lugar, sin posibilidad de esconderme. Y si no puedo esconderme, nada existe, salvo la sangre y el terror.

Quise ir a ver a las cabritas porque tenía la esperanza de que su indiferencia de rumiantes me devolviera a la realidad y me tranquilizara. Estaban paciendo en el corral las tres juntas. Un grupo de cotorras se posó sobre las ramas del cerezo. Ya nada tenía sentido. Mi realidad se había desintegrado. Se había convertido en un vacío vertiginoso y sin salida, un vacío tan palpable que podía notar cómo sus paredes, su suelo y su techo se estrechaban a mi alrededor. Un pánico salvaje empezó a asfixiarme. Me habría gustado que alguien, un adulto, me cogiera de la mano y me llevara a la cama. Que devolviera las balizas a mi existencia. Que me dijera que habría un mañana y luego un pasado mañana, y que mi vida volvería a tener cara y ojos. Que la sangre y el terror pronto se diluirían.

Pero no vino nadie.

Las cotorras se habían comido las cerezas aún verdes. Gilles seguía con la boca abierta y los ojos como platos, el puñito aferrado al cucurucho, cubierto de helado de vainilla y fresa derretido. Me dije que, si nadie me metía a mí en la cama, al menos podía hacerlo yo por Gilles. Me habría gustado hablar con él, decirle algunas palabras reconfortantes, pero no fui capaz. El pánico no había dejado de oprimirme la garganta. Llevé a Gilles a mi cuarto y nos acostamos los dos en mi cama. La ventana daba al jardín, a las cabras y al bosque. El viento movía las ramas de un roble y su sombra danzaba sobre el parquet. No pude dormirme. En un momento dado, oí a mi madre que subía a acostarse. Luego a mi padre, una hora después. Nunca subían juntos, pero seguían durmiendo en la misma cama. Supongo que formaba parte del *pack* «familia normal», como las comidas. A veces me preguntaba si habría momentos de ternura entre ellos. Como entre Gilles y yo. «Ojalá», pensaba, aunque sin mucha convicción. No podía imaginarme una vida sin ternura, especialmente en una noche como aquélla.

Vi pasar los minutos, uno tras otro, en el radiodespertador. Cada vez se me hacían más largos. Tenía ganas de vomitar, pero no quería levantarme y arriesgarme a que Gilles se despertara, si es que había conseguido dormirse. Estaba de espaldas y no podía verle los ojos.

Hacia las cinco de la madrugada, algo, una intuición, me impulsó a salir de mi cuarto. Bajé al jardín.

La oscuridad me aterrorizaba más que de costumbre. Imaginaba criaturas agazapadas en la sombra de los árboles, dispuestas a devorarme la cara como habían hecho con el heladero. Fui al corral de las cabritas. *Nuez Moscada* se había apartado de las otras. De debajo de la cola le pendía un filamento largo y viscoso.

Volví a subir a mi habitación.

—Gilles, los bebés están a punto de llegar.

Estas palabras, que fueron las primeras que pronuncié tras haber pedido mi helado con nata montada, sonaron muy raras, como si vinieran de un mundo que ya no existía. Gilles no reaccionó.

Fui a despertar a mi madre, que bajó sobreexcitada. No sabría cómo describir a una ameba sobreexcitada. Es algo confuso y torpe. Algo que habla alto y deprisa, que corre de un lado para otro. Agua caliente, alcohol alcanforado, Iso-Betadine, toallas, una carretilla, paja...

Saqué a Gilles de la cama para que fuera a verlo. Cuando llegamos, ya habían salido dos pezuñitas. Luego un hocico. *Nuez Moscada* empujó, baló, empujó, baló, empujó. Parecía doloroso. También difícil. Entonces, de pronto, el cabrito salió del cuerpo de *Nuez Moscada* y ésta volvió a empujar, a balar, a empujar, a balar, a empujar... Noté un olor extraño. Un olor tibio a cuerpos y a tripas. Salió una segunda cría. *Nuez Moscada* se levantó y, mientras lamía a sus cabritos, expulsó una gran masa oscura que se estrelló en el suelo haciendo un ruido graso y viscoso. *Nuez Moscada* se dio la vuelta y empezó a comerse la masa oscura. El olor tibio se hizo más intenso. Parecía emanar de su vientre para llenar la atmósfera terrestre. Me pregunté cómo era posible que una cabrita tan pequeña pudiera contener tanto olor.

Mi madre se puso a cuatro patas y empezó a besuquear a los cabritos. Eran dos machos. Pegaba los labios a los cuerpecitos pegajosos de las crías y les restregaba la cara por todas partes. Luego, aún a cuatro patas, se volvió hacia nosotros con el rostro manchado de restos de bolsa amniótica.

—Se llamarán *Comino* y *Pimentón*.

Los siguientes días hizo calor: un sol blanco cayendo de un cielo vacío.

Mi padre estaba nervioso. Volvía del trabajo con el ceño fruncido. Se ponía así cuando hacía tiempo que no iba de caza. Daba un portazo al entrar, tiraba las llaves y el maletín y se ponía a buscar... algún motivo para escupir toda su ira. Recorría las habitaciones, inspeccionaba cada rincón de la casa, el suelo, los muebles, a mi madre, a *Coco*, a Gilles y a mí. Husmeaba el ambiente. En momentos así sabíamos que lo mejor era encerrarnos en nuestro cuarto, pero mi madre no podía: tenía que preparar la cena. A veces, mi padre se limitaba a soltar un gruñido y se iba a ver la tele. La cosa podía durar varios días. E iba en aumento. Hasta que terminaba por encontrar algo, siempre.

—¿Se puede saber qué es esto?

Hacía la pregunta en voz muy muy baja. Mi madre sabía que, dijera lo que dijese, la cosa acabaría mal. Pero respondía de todos modos.

—Macarrones con jamón y queso.

—Ya sé que son macarrones con jamón y queso.

—Seguía hablando en voz baja—. ¿Por qué has hecho macarrones con jamón y queso?

Y cuanto más baja fuera su voz más terrible sería el estallido de cólera. Creo que ése era el peor momento para mi madre: cuando mi padre la escudriñaba tomándose su tiempo, saboreando su miedo, antes de estallar inevitablemente. Él nos hacía creer que todo dependía de la respuesta de mi madre. Ése era el juego. Pero mi madre siempre perdía.

—Pues porque a todo el mundo le gustan los...

—¿A TODO EL MUNDO? ¿SE PUEDE SABER QUIÉN ES «TODO EL MUNDO»?

Y ya no había marcha atrás: sólo cabía esperar que la cólera de mi padre se materializara en forma de gritos. O más bien de rugidos. Su voz estallaba, irrumpía desde su garganta para devorar a mi madre. La descuartizaba, la despedazaba, la hacía desaparecer. Y en eso mi madre estaba de acuerdo: en desaparecer. Y si con los rugidos no había suficiente, para eso estaban las manos. Hasta que mi padre hubiera expulsado toda su ira. Mi madre acababa siempre en el suelo, inmóvil. Como una funda de almohada vacía. Tras lo cual, sabíamos que vendrían varias semanas de calma.

Yo diría que a mi padre no le gustaba su trabajo. Era contable en el parque de atracciones que había hecho quebrar al zoo. «Los grandes se comen a los pequeños», decía. Daba la impresión de disfrutar al decirlo. «Los grandes se comen a los pequeños.» A mí me parecía increíble trabajar en un parque de atracciones. Por las mañanas, camino de la escuela, me decía: «Mi padre se va a pasar el día en el parque de atracciones.»

Mi madre no trabajaba. Cuidaba de sus cabras, de su jardín, de *Coco* y de nosotros. Le daba igual que el dinero no fuera suyo... mientras la tarjeta de crédito funcionara. Nunca vi a mi madre molesta por no tener nada, ni siquiera por no tener amor.

La camioneta de los helados se quedó aparcada delante de casa durante varios días. Me hice todo tipo de preguntas. ¿Quién la limpiaría? Y cuando estuviese limpia ¿qué harían con el balde lleno de agua, de jabón, de sangre, de fragmentos de huesos y de cerebro? ¿Acaso lo verterían en la tumba del viejo para que todos sus restos estuvieran juntos? Y el helado que había en las neveras, ¿se habría derretido? Y si no se había derretido, ¿quién se lo comería? ¿Podía ir una niña a la cárcel por haber pedido que le pusieran nata montada en el cucurucho? ¿Y si se lo decían a mi padre?

En casa nunca hablamos de la muerte del viejo heladero. Supongo que mis padres creyeron que lo mejor era hacer como que no había pasado. O a lo mejor pensaron que el nacimiento de los cabritos había hecho que nos olvidáramos de la cara en carne viva. Aunque lo más probable es, sencillamente, que ni siquiera se plantearan la cuestión.

Gilles se quedó mudo tres días enteros durante los cuales no me atreví a mirarlo a los enormes ojos verdes porque estaba segura de que vería en ellos, proyectada una y otra vez, la película de la cara que explota. Cuando nos sentábamos a la mesa, no comía nada. El puré y los palitos de pescado se le enfriaban en el plato. Yo intentaba distraerlo y él me seguía como un robot obediente, pero algo se había apagado en su interior.

Fuimos a ver a Monica. Le tembló la piel del cuello cuando le dije lo que le había pasado al heladero. Miró a Gilles. Pensé que haría algo por él, que sacaría un caldero, una varita mágica o un viejo libro de hechizos. Pero se limitó a acariciarle la mejilla.

El olor tibio del vientre de *Nuez Moscada* seguía flotando en el aire. Yo creo que, en realidad, flotaba sobre todo en mi cabeza. Aún guardo el recuerdo del aroma empalagoso y persistente de aquel verano, un aroma que me acompañaba hasta en los sueños. Era julio, y sin embargo las noches me parecían más negras y más frías que en invierno.

Gilles venía a acurrucarse en mi cama todas las noches. Con la nariz pegada a su pelo, casi podía oír sus pesadillas. Habría dado todo lo que tenía para poder viajar en el tiempo y volver al instante en que pedí el helado. He imaginado la escena miles de veces. La escena en que le digo al heladero: «Un cucurucho de chocolate y *stracciatella*, por favor.» Y él me dice: «¿Nata montada esta vez, señorita?» Y yo respondo: «No, señor, muchas gracias.» Y mi planeta no se ve absorbido por un agujero negro. Y la cara del viejo no explota delante de mi casa y de mi hermano pequeño. Y yo sigo oyendo el *Vals de las flores* al día siguiente y al otro, y así termina la historia. Y Gilles sonríe.

• • •

Me acordé de una película que había visto, en la que un científico medio loco inventa una máquina para viajar en el tiempo. Utilizaba un coche tuneado, con cables por todas partes. Tenía que ir muy rápido, pero lo conseguía. Entonces decidí que yo también construiría una máquina para viajar en el tiempo y volvería a poner orden en toda aquella historia.

A partir de entonces, mi vida se me antojó como una rama equivocada de la realidad, un borrador destinado a ser reescrito, y todo me pareció más soportable. Me dije que, mientras la máquina no estuviese lista, mientras no fuese aún capaz de viajar hacia atrás en el tiempo, tenía que rescatar a mi hermano pequeño del silencio.

Lo llevé al laberinto, al catapataplún, y le dije: «Siéntate.» Gilles se sentó, obediente. Me puse al volante y empecé a saltar de rodillas sobre el asiento con todas mis fuerzas, haciendo que el coche se balanceara como nunca. «¡Catapataplún! ¡Catapataplún! ¡Catapataplún! ¡Vamos, Gilles! ¡Catapataplún!» Pero Gilles se quedó igual, sin reaccionar, con sus enormes ojos verdes vacíos. Parecía tan cansado... Menos mal que el dueño no nos oyó porque, tal como estaba, Gilles se habría dejado coger sin rechistar.

En casa, fabriqué nuevas marionetas, inventé nuevas historias. Mi pequeño espectador se sentaba y me miraba. Yo le hablaba de princesas que tropiezan al pisarse el vestido, de príncipes azules que se tiran pedos, de dragones con ataques de hipo... Al final, sin saber muy bien por qué, acabé llevándolo al cuarto de los cadáveres. Mi padre estaba trabajando y mi madre había ido a comprar. En cuanto entramos en la habitación, noté la mirada de la hiena en el cogote. Mis ojos se guardaron muy mucho de encontrarse con los suyos.

Entonces lo entendí todo. La verdad se abalanzó sobre mí como una fiera hambrienta, desgarrándome la espalda con sus zarpas. La risa que oí cuando explotó la cara del viejo era la suya. Aquello que no podía nombrar, pero que flotaba en el aire, vivía en el interior de la hiena. Aquel cuerpo disecado era la guarida de un monstruo. La muerte vivía con nosotros. Y me escudriñaba con sus ojos de cristal. Su mirada me mordía la nuca, se deleitaba con el olor azucarado de mi hermanito.

Gilles me soltó la mano y se volvió hacia la bestia. Se acercó y le puso los dedos en el morro petrificado. Yo no me atrevía a moverme. Temía que se despertara y lo devorara. Gilles se dejó caer de rodillas. Le temblaban los labios. Acarició el pelaje muerto y se abrazó al cuello de la fiera. Su carita rozaba las inmensas mandíbulas. Luego empezó a sollozar mientras un torrente de miedo agitaba su cuerpo de gorrión. Como un absceso ya maduro, el horror había reventado y se derramaba por sus mejillas. Comprendí que era una buena señal, que algo se ponía en circulación, que la máquina volvía a funcionar.

Varios días después, sustituyeron al heladero. Volvió a oírse el *Vals de las flores*. Noche tras noche, se me aparecía la cara en carne viva. Noche tras noche, veía el abismo en los ojos de mi hermano. Aquella música tocaba algún resorte en sus entrañas, la pieza fundamental del mecanismo que fabrica la alegría, y lo estropeaba cada día un poco más, haciéndolo cada día más irreparable. Y noche tras noche me repetía que no pasaba nada, que simplemente estaba en la rama equivocada de la vida y que todo aquello estaba destinado a reescribirse.

Intentaba estar cerca de Gilles cuando pasaba la camioneta de los helados. Y me daba cuenta de que su cuerpecillo temblaba en cuanto oía la melodía.

Una noche no encontré a Gilles ni en su habitación, ni en la mía, ni en el jardín. Así que entré en el cuarto de los cadáveres sin hacer ruido, pues mi padre estaba en el salón. Y allí me lo encontré, sentado junto a la hiena, susurrando algo en sus grandes orejas. No oí lo que le decía. Cuando se dio cuenta de mi presencia, me miró de un modo extraño. Como si fuera la hiena la que me miraba. ¿Y si el impacto por la explosión del sifón de nata montada hubiera abierto una brecha en la mente de Gilles? ¿Y si la hiena estuviera aprovechándose de la brecha para instalarse en la cabeza de mi hermano? ¿O para infiltrar en ella alguna sustancia maléfica? Aquella expresión, aquello que vi en la cara de Gilles, no era él. Desprendía olor a sangre y muerte. Me recordó que la bestia estaba al acecho y que dormía en casa. Y comprendí que ahora vivía en el interior de Gilles.

Mis padres no se dieron cuenta de nada. Mi padre estaba demasiado ocupado en comentar las noticias con mi madre y mi madre estaba demasiado ocupada en tenerle miedo a mi padre.

Tenía que empezar a construir la máquina de viajar al pasado lo antes posible. Así que fui a ver a Monica, convencida de que podría ayudarme.

Bajé por el zarpazo y su casa seguía allí, acariciada por el sol. Salió a abrirme con uno de sus largos vestidos llenos de colores, flores y mariposas. Dentro seguía oliendo a canela. Me senté en una banqueta cubierta con piel de carnero. Me recordó al marfil de los colmillos de elefante: suave, pero al mismo tiempo poderoso. Como si el espíritu del animal aún viviera en su interior y pudiera notar mis caricias.

Monica me sirvió un zumo de manzana. Algo había desaparecido también en su cara tras la muerte del heladero. No me atreví a decirle que había sido culpa mía, que había sido yo quien había pedido la nata montada. Eso era algo que me llevaría a la tumba. Le hablé de Gilles y de mi idea del viaje en el tiempo.

—Resulta que en la peli hay un coche que necesita un montón de energía. Utilizan plutonio para conseguirla. Y cuando no tienen plutonio, usan la energía de un rayo. Yo puedo conseguir el coche y tunearlo un poco, pero no sé crear los rayos. ¿Usted sabe si se puede provocar una tormenta eléctrica?

Monica sonrió ligeramente, su tristeza se había tomado un respiro.

—Sí, yo diría que es posible. Vamos a sudar la gota gorda, será un montón de curro, pero diría que es posible. En todo caso, no es la primera vez que oigo hablar de ello. Es una mezcla de ciencia y de magia. Si quieres, yo me ocupo de la tormenta. Para la ciencia, tendrás que apañártelas tú solita. Te llevará mucho tiempo, más del que te imaginas. Pero si lo deseas realmente lo conseguirás. Seguro que lo conseguirás. Como Marie Curie.

Fruncí los labios.

—Joder, ¿no sabes quién es Marie Curie? Pero ¿qué diablos os enseñan en la escuela? ¡Maldita sea! ¡Marie Curie, hostias! Maria Salomea Skłodowska, por usar su verdadero nombre. Pasó a llamarse Curie cuando se casó con Pierre Curie. La primera mujer en recibir un Premio Nobel. La única galardonada, en toda la historia de los Nobel, con dos premios: el Nobel de Física en 1903, junto a su marido, por sus investigaciones sobre la radiación; y luego, tras la muerte de Pierre, ¡bum!, re-Premio Nobel en 1911, pero esta vez de Química, por sus trabajos sobre el polonio y el radio. Fue ella quien descubrió estos dos elementos. Al polonio lo llamó así en homenaje a su país de origen. ¿No me digas que tampoco conoces la tabla periódica de Mendeléyev?

Negué con la cabeza.

—*Porca miseria...* Toda la vida pencando como una bestia. ¿Te has roto algo alguna vez? ¿Un brazo, una pierna?

—Sí, el brazo, cuando tenía siete años.

—Muy bien. ¿Y te hicieron una radiografía para ver la fractura?

—Sí.

—Gracias a Marie Curie.

—¿Y crees que podría ayudarme? ¿Vive lejos?

—Ah, eso sí que no. Está muerta. Por culpa de las radiaciones. Te lo decía para que vieras que, si trabajas mucho en algo, puedes conseguir lo que te propongas.

—Entonces, si tuneo un coche, ¿usted me ayudará con la tormenta?

—Te lo juro por éstas.

Volví a casa más tranquila: había encontrado una solución y no estaba sola. Me puse manos a la obra al día siguiente. Conseguí toda la documentación posible sobre Marie Curie y la trilogía de *Regreso al futuro*. Sabía que me llevaría tiempo, pero el estado de Gilles me recordaba, día tras día, cuál era mi deber.

El verano se acabó y el curso escolar pasó, soso y aburrido como los anteriores. Todo el tiempo libre lo dediqué a elaborar mi plan.

Llegó de nuevo el verano. Gilles no había mejorado: el vacío de sus ojos se había ido llenando de algo incandescente, puntiagudo y cortante. Lo que vivía dentro de la hiena había emigrado a la cabeza de mi hermano. Una colonia de criaturas salvajes se había instalado en su interior y se alimentaba de pedazos de su cerebro. Aquel ejército bullicioso pululaba por allí dentro, arrasando la selva virgen y transformándola en un paisaje negro y pantanoso.

Yo quería a mi hermano. Y arreglaría aquello. Nada podría impedírmelo. Aunque ya no jugara conmigo. Aunque su risa se hubiese vuelto tan siniestra como una lluvia ácida sobre un campo de amapolas. Lo quería como una madre quiere a un hijo enfermo. Su cumpleaños era el 26 de septiembre. Decidí que todo debería estar listo para ese día.

Mi padre acababa de volver de una cacería en el Himalaya. Había traído la cabeza de un oso pardo y la había colgado en la pared de los trofeos. Para que cupiera, había tenido que quitar varias cornamentas de ciervos. Había cubierto el sofá con la piel del oso y se tumbaba encima a ver la tele todas las noches. Había pasado fuera unos veinte días y habíamos vivido su ausencia como un alivio. Las semanas previas al viaje había estado más nervioso que nunca.

Una noche, mientras cenábamos, supe que mi padre iba a tener un ataque de ira. Lo supimos los cuatro. Hacía días que al volver del trabajo se dedicaba a fisgonearlo todo con los músculos en tensión, dispuesto a saltar en cualquier momento. Noche tras noche, Gilles y yo nos habíamos refugiado en nuestro cuarto, convencidos de que la cosa iba a explotar. Pero no pasaba nada. Y el nerviosismo de mi padre iba acumulándose como el gas en una botella de butano.

Aquella noche estábamos sentados a la mesa cenando en silencio. Nuestros gestos eran precisos, moderados. Nadie quería ser responsable de la chispa que encendiera la mecha. Los únicos ruidos que llenaban la estancia procedían de mi padre. De sus mandíbulas, que hacían desaparecer grandes trozos de carne. De su respiración ronca y entrecortada. En su plato, las judías y el puré parecían dos atolones perdidos en medio de un mar de sangre. Yo me esforzaba en comer para confundirme con el decorado, pero tenía un nudo en el estómago. Miraba a mi padre con el rabillo del ojo, aguardando la llegada del cataclismo.

De pronto, dejó sus cubiertos sobre la mesa y, en un murmullo apenas audible, dijo:

—¿A esto lo llamas tú «poco hecho»?

Mi madre se puso tan pálida que parecía que toda su sangre hubiese ido a parar al plato de mi padre. No dijo nada: no había respuesta válida para semejante pregunta.

Mi padre insistió:

—¿No dices nada?

Mi madre murmuró:

—Tu plato está lleno de sangre.

Mi padre gruñó entre dientes:

—Así que estás satisfecha.

Mi madre cerró los ojos. Ya estábamos. Mi padre cogió el plato con sus manos monstruosas y lo hizo añicos contra la mesa.

—PERO ¿QUIÉN TE CREES QUE ERES? ¡HOSTIA PUTA!

Agarró a mi madre del pelo y le estampó la cara contra el puré y los restos de porcelana.

—¿EH? ¿QUIÉN TE CREES QUE ERES? ¿POR QUIÉN TE TOMAS? ¡NO ERES NADA! ¡NADA!

Mi madre aullaba de dolor, pero ni luchaba ni imploraba, consciente de que no serviría de nada. De su cara deformada, aplastada bajo la mano de mi padre, no podía distinguir más que la boca retorcida por el terror. Los tres sabíamos que aquella vez sería peor que las anteriores. Gilles y yo nos quedamos paralizados en la silla. Ni se nos pasó por la cabeza subir a nuestro cuarto. Normalmente, los ataques de ira de mi padre estallaban después de la cena, no durante. Así que pocas veces asistíamos al espectáculo.

Levantó la cabeza de mi madre tirándola de los pelos y la golpeó varias veces contra la mesa, siempre en el mismo sitio, sobre los restos del plato. Yo ya no sabía si la sangre era del bistec o de mi madre. Entonces me di cuenta de que aquello no tenía la menor importancia, pues no tardaría en viajar al pasado y borrarlo todo. Y todo aquello ya no existiría en mi nueva vida.

Cuando mi padre se tranquilizó, cogí a Gilles de la mano y subimos a mi cuarto. Nos escondimos bajo el edredón. Le conté que estábamos en el huevo de un avestruz y que jugábamos con Monica al escondite. Que todo aquello era un juego, nada más que un juego. Un simple juego.

Dos días después, mi padre se fue a cazar al Himalaya y pudimos respirar nuevamente.

Varios días después de que mi padre volviera, Gilles y yo acompañamos a mi madre a hacer la compra. Como necesitaba vitaminas en polvo para las cabras, pasamos por la tienda de animales. Era una nave inmensa en la que había de todo, tanto para animales domésticos como para ganado. A mi madre le encantaba charlar con el dueño. Era hijo de granjero y lo sabía todo sobre animales. Gilles y yo aprovechábamos para ir a jugar a las balas de paja. Formaban pilas de varios metros de altura, así que se nos figuraban una especie de fortaleza digna de ser escalada. El único peligro eran los agujeros que había entre las balas. El hombre me había dicho que uno de sus hijos había muerto al caerse por uno de los agujeros.

Aquel día tenían cachorros para dar, los de la perrita de la nave, una especie de jack russell de pelo duro que a mí me recordaba a un viejo cepillo de dientes. Le pregunté a mi madre si podíamos quedarnos uno. Por supuesto, ella estaba de acuerdo, pero había que convencer a mi padre.

Aquella misma noche fui a verlo al salón. Como hacía poco que había cazado el oso, estaba tranquilo. De vez en cuando, en lugar de ver la tele mi padre escuchaba música. Discos de Claude François. No era lo habitual, pero aquella noche tocaba. Me acerqué al sofá sin hacer ruido, pues mi padre detestaba el ruido. Estaba realmente muy tranquilo. Sentado con la espalda recta, las manos en las rodillas, inmóvil. A aquellas horas la luz exterior ya casi había desaparecido de la estancia. Su cara estaba medio sumida en la penumbra. Claude François cantaba *Llora el teléfono* y había un brillo extraño en la mejilla de mi padre. Me senté discretamente a su lado, en el sofá.

—¿Papá?

Dio un pequeño respingo, se pasó una mano por la mejilla para hacer desaparecer el brillo y soltó un gruñido, pero no el de costumbre. Un gruñido más suave.

A menudo me he preguntado por qué lloraba. Especialmente al escuchar aquella canción. Sabía que no había llegado a conocer a su padre, pero nadie me había explicado por qué. ¿Porque estaba muerto? ¿Porque lo había abandonado? ¿Porque le habían ocultado que tenía un hijo? En todo caso, aquella ausencia parecía haber cavado un agujero en el pecho de mi padre, justo debajo de la camisa. Un agujero que absorbía y trituraba todo lo que pasaba por su lado. Por eso nunca me abrazaba. Lo entendía perfectamente y no se lo reprochaba.

—Oye, papá, esta tarde hemos pasado por la tienda de animales y tenían bebés de perro. ¿Puedo quedarme uno?

Mi padre me miró. Parecía cansado, como si acabara de perder una batalla.

—Claro, mi niña.

«Mi niña.» Pensé que el corazón me iba a explotar. «Mi niña.» Mi padre había dicho «mi niña». Aquellas dos palabras me zumbaron en los oídos como luciérnagas, antes de alojarse en el fondo de mi pecho. Su luz brilló durante varios días. A la mañana siguiente, fuimos con mi madre a buscar al cachorro. Gilles los acarició a todos, uno por uno. No sonreía, pero parecía estar a gusto con aquellas bolitas calientes y suaves en las manos. Le dije: «Tú escoges al cachorro y yo escojo el nombre, ¿vale?»

Levantó el que tenía en las rodillas. «Éste.» El dueño de la tienda de animales dijo: «Es una hembra.» Yo dije: «Se llamará *Curie*. Como Marie Curie.» Pensé que me daría suerte. Que tal vez llamaría la atención de Marie Curie, allá arriba en el paraíso (siempre que el paraíso existiera, claro), y me echaría una mano.

Cuando volvimos a casa, llevé a Gilles y a *Curie* al laberinto de los coches muertos. Para que *Curie* lo conociera, pero también porque tenía que escoger el coche que iba a servirme para fabricar la máquina de viajar al pasado.

Al atravesar el campo de maíz nos cruzamos con varios chicos de la Demo. Era la pandilla de Derek. No me caían bien. Sólo pensaban en pelearse. No es que a mí me gustaran especialmente las Barbies y saltar a la cuerda: a mí también me gustaba pelearme, pero en broma. Para ver quién era más fuerte, pero sin hacerse daño. Ellos mordían y daban puñetazos de verdad en el estómago. Sobre todo Derek. A un lado de la boca tenía una curiosa cicatriz que le hacía sonreír con una mueca salvaje incluso cuando estaba enfadado. Y siempre estaba enfadado, lleno de una rabia que parecía haber anidado en los nudos de su pelo rubio. Total, que Derek y su banda se metían con Gilles porque era pequeño. Así que cuando los veíamos, intentábamos evitarlos.

Aquella tarde nos vieron de lejos y Derek gritó: «¡Eh, vosotros, los hijos de los ricos!»

Nos llamaba así simplemente porque nuestra casa era un poco más grande que las demás y porque teníamos una piscina inflable. Fingimos no oírlos y corrimos hasta el laberinto. Había un montón de coches nuevos y me pasé la tarde tranquilizándolos. No sólo porque hubiera muchos, sino también porque Gilles no quiso ayudarme. Se quedó sentado en un rincón dibujando formas raras en la tierra con un palo.

Encontré una carcasa que parecía en buen estado. Un precioso coche rojo que me recordaba un poco al DeLorean de Doc. Yo creo que había muerto de viejo, no a causa de un accidente.

Ahora ya podía volver a casa de Monica.

Al día siguiente de la llegada de *Curie*, mi madre volvió muy orgullosa de la quincallería. Había ido a que le hicieran una placa. Mi madre era muy detallista con los animales. Miré la medallita metálica en la que había hecho grabar nuestro número de teléfono por un lado y «Curry» por el otro.

Nunca he sentido gran cosa por mi madre, más allá de una profunda compasión. Pero en cuanto mis ojos descifraron aquellas cinco letras, la compasión se disolvió al instante en un charco de desprecio negro y maloliente.

Decidí rebautizar a la cachorra como *Skłodowska*. A lo mejor a Marie Curie le haría más ilusión aún que le pusiera a mi perra su nombre de soltera. Pero *Skłodowska* era demasiado largo. Así que lo simplifiqué y lo dejé en *Dovka*. A mi padre le hizo mucha gracia y empezó a llamarla *Vodka*. Por supuesto, tiré la medalla y les dije a mis padres que *Dovka* la había perdido.

• • •

53

Fui a ver a Monica. Ya sabía más o menos lo que tenía que hacer para transformar el coche en una máquina de viajar en el tiempo.

La encontré fuera de casa, disfrutando de su rayo de luz. Sentada sobre un tronco enorme cubierto con una colorida manta de ganchillo, modelaba un jarrón con un torno de alfarero. La observé unos instantes sin que me viera. Los brazos delgados y fuertes salpicados de pecas, la piel cobriza y con olor a cardamomo, la mirada de sacerdotisa amerindia. Seguro que debió de llenar psiquiátricos enteros de amantes desesperados.

Al verme, me recibió con aquella voz suya que parecía llegar de las profundidades marinas.

—Vaya, ¡dichosos los ojos! ¿Cómo te va, chiquilla?

Le conté todo lo que había aprendido sobre los viajes en el tiempo y mi objetivo del 26 de septiembre. Tras leer una biografía de Marie Curie, había decidido que quería ser como ella. Alguien que no tiene miedo de ocupar su sitio, de desempeñar un papel importante y de contribuir al progreso de la ciencia. Monica se rió. «¡Impresionada me dejas, querida!» Le pregunté si había avanzado con la tormenta y me dijo que iba a necesitar un objeto:

—Algo insustituible. No necesariamente caro, pero sí insustituible. Un objeto precioso para ti o para algún ser querido. Cuanto mayor sea su valor sentimental, más poderosa será la magia y más probabilidades habrá de que funcione. Vuelve a verme cuando lo hayas encontrado. Ten en cuenta, eso sí, que sólo puedo provocar la tormenta una noche de luna llena.

De pronto se me hizo la luz y tuve claro cuál era el objeto ideal. Un frío gélido me recorrió la nuca. Era una locura, pero no había otra solución.

—Volveré con el objeto cuando esté listo el coche, al final del verano.

Tomé el camino de regreso a casa. Me apetecía sacar a *Dovka* a dar un paseo por el campo. A lo mejor Gilles querría acompañarme, por mucho que por aquel entonces se pasara todo el santo día enganchado a la Game Boy. A veces aceptaba venir a jugar al escondite a los campos de maíz. Las grandes hojas afiladas nos llenaban de rasguños las mejillas y los brazos. Por la noche, la piel me ardía y yo me prometía no volver a jugar allí nunca más.

Cuando llegué a casa no vi a *Dovka* en el jardín. Fui a buscarla al salón, donde habíamos puesto su cojín. Como aún era muy pequeña, dormía a todas horas. Pero allí tampoco estaba. Pregunté a mi madre, que acababa de volver de hacer la compra, y me dijo que no la había visto. En su cara todavía se notaban las marcas del cabreo monumental de mi padre. Lo que más tardaba en cicatrizar era un corte profundo justo debajo del ojo derecho. Me ayudó a buscar a *Dovka*. Registramos la casa, el jardín, el corral de las cabritas, pero ni rastro. Gilles tampoco la había visto. Estaba otra vez junto a la hiena. Mi madre lo regañó, no podía entrar allí. Como se enterase nuestro padre...

El pánico empezaba a oprimirme el cuello con sus manazas exactamente igual que cuando murió el heladero. ¿Por qué no me había llevado a *Dovka* al ir a ver a Monica?

Teníamos que ampliar el área de nuestra búsqueda. Si no estaba en casa, no podía andar muy lejos. O en la Demo o en el bosque. Pero había que actuar con rapidez. Gilles y yo fuimos a inspeccionar la Demo, mi madre se internó en el bosque. Pensé que a lo mejor se cruzaría con Monica. Me habría gustado estar allí para ver el encuentro, si se producía. Pero había cosas más urgentes que hacer.

El calor resultaba sofocante. Era uno de esos días de canícula que acaban con el cielo de color betún y una tormenta cargada de olor a asfalto ardiente. Gilles y yo llamamos a todas las casas. Me hizo feliz que quisiera ayudarme. Íbamos de puerta en puerta repitiendo el mismo discurso como pequeños viajantes de comercio. La gente fue bastante amable con nosotros. Sobre todo una pareja joven. Nos abrió la puerta la chica, alta como una espiga, delgada y dulce. Olía a plastilina y llevaba un bebé pequeñito en brazos. Llamó a su novio, un chico aún más alto que ella, con el torso desnudo y tatuado, todo músculos. Orgullosa y enamorada, la Espiga dijo: «Campeón de kárate.» Les parecimos «tan guapos y tan bien educados» que nos ofrecieron un zumo de naranja. Me di cuenta de que Gilles miraba al bebé con una atención desacostumbrada. El campeón de kárate se mostró sinceramente preocupado por *Dovka*. Mientras tanto, yo no podía dejar de estudiar la topografía de su torso, el relieve de los músculos bajo su piel, las venas marcadas... Me hizo pensar en un caballo salvaje: un animal potente y enérgico, pero tierno. Tuve ganas de que me abrazara y sentí un extraño calorcito en el estómago. Comprendí al instante que aquel calorcito podía desviarme de mis objetivos, así que lo sofoqué apretando los abdominales con todas mis fuerzas. Nos acabamos el zumo de naranja, nos despedimos, les dimos las gracias y seguimos con nuestra búsqueda.

De casa fea en casa fea, nuestras esperanzas fueron menguando. Ya empezaba a imaginarme a mi pobre perra despanzurrada en el arcén de una carretera rural o devorada por un zorro. Lo curioso de todas aquellas casas idénticas era que, en realidad, no eran del todo iguales. De hecho, no lo eran en absoluto. La arquitectura era la misma: una especie de contenedor de polipropileno gris perforado por extrañas ventanas y coronado por una techumbre de pizarra. Pero más allá de la aparente semejanza, las diferencias saltaban a la vista. La personalidad de los habitantes y su modo de vida rezumaban en cada cortina, en cada maceta de flores, en cada lámpara. Algunas casas parecían clamar por la soledad de sus habitantes y por la vertiginosa inconsistencia de sus vidas. Como la de la anciana que tenía el césped poblado por criaturas de porcelana, enanos, cervatillos y conejos.

Llegamos a una casa que parecía aún más gris que las demás. Yo ya la conocía. Era la de Derck. En la hierba amarillenta del pequeño jardín yacían un neumático viejo y un arenero de plástico rojo descolorido con forma de concha gigante. Cerca de la puerta, los restos de lo que debió de ser un armario se pudrían como el cadáver hinchado de una ahogada en la ribera de un río. A pesar del miedo instintivo que empezaba a roerme las vísceras, llamé al timbre. Una voz rugió al otro lado de la puerta.

—¡¿Qué pasa?!

—Buenos días, señor, estamos buscando a nuestra perrita, que ha desaparecido; ¿no la habrá visto usted por casualidad?

La puerta se abrió y apareció un hombre en chándal que desprendía un olor muy desagradable, una mezcla de alcohol, tabaco barato y orina. Una parte de su cerebro se dedicaba a observarnos mientras la otra parecía luchar encarnizadamente por mantenerse en pie. En una de las manos, replegada sobre el pecho, sostenía a *Dovka*.

Al vernos a Gilles y a mí, la perra se puso a ladrar, muy agitada. El hombre se tambaleó.

—¡Ah, la ha encontrado usted! ¡Muchas gracias, señor!

Entonces el hombre hizo un mohín extraño, frunciendo los morros y entornando un poco los ojos, y pronunció estas palabras:

—Decirle a vuestro padre que le devolveré el chucho si nos podemos meter en vuestra piscina yo y mi chaval.

El hombre se inclinó hacia un lado y vimos aparecer a Derek dos metros por detrás, en el vestíbulo. Su padre no nos quitaba de encima los ojos, que apenas asomaban bajo los párpados hinchados, pero ahora todas sus funciones cerebrales se concentraban en evitar que su cuerpo perdiera el equilibrio. *Dovka* gemía e intentaba soltarse cada vez con más ahínco. Pensé que, con un olfato de perro, vivir en aquella casa debía de ser un auténtico suplicio. Incluso a mí me costaba respirar. En el cerebro del hombre, un puñado de neuronas pareció liberarse de la lucha contra la gravedad y activó un músculo del brazo para cerrar la puerta. No me atreví a mirar a Gilles: sabía que si nuestras miradas se encontraban las lágrimas que retenía con todas mis fuerzas iban a empezar a derramarse. Y no quería que me viera llorar. No porque temiera que mi pena fuera contagiosa, sino porque me daba miedo que mis lágrimas sirviesen de alimento al parásito que habitaba en su cabeza. Volvimos a casa en silencio. Una vez dentro le conté a mi madre el problema. Se mostró algo desconcertada, los ojos le bailaron en las órbitas durante unos segundos y a continuación dijo:

—Habrá que hablar con vuestro padre cuando venga.

Me imaginé el calvario que estaría sufriendo *Dovka*. De ninguna manera podíamos dejarla allí hasta que volviera mi padre. Entonces pensé en el campeón de kárate y en su cuerpo de caballo salvaje. Volví a notar aquel extraño calorcito en el estómago, más intenso todavía. Pero no lo reprimí: entendí que no entraba en contradicción con mi objetivo de sacar a *Dovka* de aquella casa como fuera.

Gilles me siguió cuando salí de nuevo a la calle. Llamé al timbre y la Espiga abrió la puerta algo sorprendida. El Campeón escuchó nuestra historia. Al apretar las mandíbulas se le dibujaba un hermoso relieve justo debajo de las orejas. Me recordó a Clark Kent cuando se transforma en Superman. Se le despertó el instinto de superhéroe y sin siquiera ponerse una camiseta nos pidió que lo siguiéramos. Se dirigió a la casa aún más gris que las demás y llamó a la puerta con el puño. Esta vez fue Derek quien abrió. No tuvo tiempo de entender lo que pasaba: el Campeón lo apartó de un empujón y entró en la casa. Yo fui tras él. El padre del chico estaba tirado en un sofá viejo que debía de albergar todo un ecosistema de mohos y parásitos. *Dovka* dormía entre sus brazos. El Campeón cogió a la cachorra con delicadeza y me la devolvió. El hombre abrió un ojo y tuvo el tiempo justo para ver cómo el puño del Campeón caía sobre su mandíbula. Mientras lo aporreaba como si fuera un saco de tierra, el Campeón no paraba de decir, una y otra vez: «¡Pedazo de mierda seca!» Los golpes hacían un ruido sordo. Derek se abalanzó contra el brazo hinchado, tenso, poderoso como una perforadora de percusión, e intentó morderlo. El Campeón lo atrapó con la mano libre y lo mandó a la otra punta de la habitación.

Cuando hubo descargado toda su rabia, se miró el puño ensangrentado con cara de perplejidad, como preguntándose si era suyo. El hombre estaba incrustado en el sofá como una liebre en el asfalto de una carretera rural. La sangre que le caía de la boca se mezclaba con las otras manchas de su camiseta. Vi en los ojos de Gilles cómo el parásito disfrutaba de lo lindo con el espectáculo y cómo volvía a copular, a colonizar, a devastar las pocas tierras fértiles y vivas que aún había en la cabeza de mi hermano. Le agarré la mano a Gilles y le dije «Gracias, señor» al Campeón, que sonrió mientras acariciaba la cabeza de *Dovka*. «Para eso estamos, querida», respondió. En un rincón de la estancia, aterrorizado, Derek no se atrevía ni a mover un dedo.

• • •

De vuelta a casa, vimos pasar la camioneta de los helados al ritmo del *Vals de las flores*. Cogí a Gilles de la
mano. La tenía fría y tiesa como un pájaro muerto.
La risa de la hiena me revolvió las tripas.

En mi libro *Amigo de la ciencia* se decía que de todas las teorías sobre los viajes en el tiempo la más verosímil era la del «agujero de gusano». Básicamente consistía en crear un agujero de gusano que permitiera desplazarse de un espacio-tiempo a otro. Y para crear un agujero de gusano había que provocar una aceleración de partículas con una energía fenomenal.

Entre el batiburrillo de objetos desperdigados por el desguace encontré un microondas y me propuse conectarlo a la batería del coche. Si mi teoría era correcta, bastaría con programar el microondas con la fecha y la hora de la muerte del heladero, arrancar el coche y provocar la tormenta, todo a la vez en una noche de luna llena. Aún tenía que darle a Monica el objeto que necesitaba. La siguiente luna llena sería el 29 de agosto, y yo estaría preparada. Los días que siguieron al rapto de *Dovka* me dejaron el recuerdo de una larga agonía. Como si el verano, incluso antes de nacer, se hubiera visto afectado por un cáncer fulminante. El florido jardín me parecía una habitación de hospital. No me quedaba otra que esperar hasta el 29 de agosto.

Gilles cada vez pasaba más tiempo en el cuarto de los cadáveres hablándole a la hiena. El parásito había tomado el poder en su cabeza. Incluso le había cambiado la cara. Los ojos se le habían hundido en las órbitas y la cara parecía haberse dilatado a su alrededor por culpa de la proliferación de las larvas que le devoraban el cerebro. Sin embargo, yo estaba convencida de que en algún lugar, en lo más profundo de su alma, aún había un bastión, una pequeña aldea de irreductibles galos que resistía el empuje del invasor. Estaba convencida porque Gilles se metía en mi cama todas las noches. Sin decir nada, se acurrucaba a pocos centímetros de mí. Podía oír sus lágrimas estrellándose en el colchón como pequeños cuerpos cayendo al vacío. Comprendí que el ruido de las lágrimas era el lejano clamor de la aldea gala que se alzaba mientras el parásito dormía. Yo abrazaba a mi hermano, aunque algo me decía que su cuerpo contra el mío, sus siete años contra mis once años, empezaba a ser algo raro. Pero me traía sin cuidado. Tenía la esperanza de estar abasteciendo, por inducción, a la resistencia. Me imaginaba una flota de aviones lanzando en paracaídas cajas de víveres sobre una población de hombres, mujeres y niños, flacos pero fuertes. Una tribu solidaria, alegre, temeraria, con una voluntad inquebrantable. Hombres vestidos con taparrabos de cuero marrón, fornidos como el campeón de kárate de la Demo, con el torso tatuado, la piel cobriza y aterciopelada por los efluvios del mar, los músculos fibrosos, impacientes por exterminar al parásito. Mientras aquella tribu siguiera con vida, no todo estaría perdido para mi hermano. Pero una mañana descubrí que la tribu había sufrido una derrota.

En el cuarto de Gilles había una chinchilla. *Helmut*, se llamaba. Era una bola de pelo gris que llevaba una apacible vida de roedor en una amplia jaula de plástico: virutas de madera, un biberón con agua, una rueda, un poco de heno, nada muy original. Mi madre la había comprado en una tienda de mascotas, un negocio que consideraba «el infierno en la tierra» para los animales, que vivían en condiciones «absolutamente espantosas».

La mañana en cuestión, yo me encontraba en mi cuarto desembalando el flamante material escolar que acababa de comprar con mi madre, pues el inicio de las clases estaba a la vuelta de la esquina. Siempre me gustaron los preparativos para el regreso al cole: el olor de las libretas nuevas, de los lápices, de la goma de borrar, los separadores, la lista que vamos tachando poco a poco, las cosas que poseemos por primera vez (aquel año descubrí, llena de júbilo, el compás). Me encantaba todo lo que tuviera que ver con empezar: ese momento en que imaginamos que los acontecimientos van a desarrollarse siguiendo un esquema planificado, que cada nuevo elemento nos llegará a través de una cinta transportadora como un paquete en una oficina de correos y que bastará con colocarlo en el lugar adecuado. Los títulos en azul, los subtítulos en rojo. La goma para el lápiz, el borrador de tinta para el bolígrafo. La merienda en el bolsillo delantero de la cartera, la cantimplora en el bolsillo lateral. La carpeta de mates con un separador para las fracciones, otro para la geometría, un tercero para las tablas de multiplicar y el último para los ejercicios. Unas cuantas horas, dulces y cálidas como un vientre materno, durante las cuales podía mantener la ilusión de poseer el control de mi existencia, como si hubiese un muro que me protegiera de la hiena. Evidentemente, siempre acababa por darme cuenta de que había hojas inclasificables que en realidad no eran ejercicios, ni geometría, ni multiplicaciones. Que la vida es una gran sopa dentro de un túrmix en el que tienes que intentar no acabar triturado por las cuchillas que te atraen hacia el fondo.

Estaba guardando los rotuladores en el estuche cuando oí un ruido extraño en la habitación de Gilles. Un aullido. Me acerqué sin hacer ruido a la puerta entreabierta. Mi hermano estaba arrodillado en el suelo, en una mano tenía a *Helmut* inmovilizado y con la otra le clavaba una chincheta en la pata. La chinchilla se retorcía de dolor mientras lanzaba agudos gritos de angustia.

—¿Se puede saber qué estás haciendo?

Gilles me miró con sus enormes ojos vacíos. No vi en ellos el menor rastro de culpabilidad y entendí que acababa de interrumpir un juego. Hacía tanto tiempo que no se divertía que durante una fracción de segundo me arrepentí de haber fastidiado lo que parecía un momento de placer. Cerré la puerta y no le dije nada a nadie. Creo que intenté convencerme de que el sistema nervioso de una chinchilla debía de ser algo bastante rudimentario, y si aquello ayudaba a mi hermano a recobrar la sonrisa mientras llegaba el 29 de agosto el sacrificio habría valido la pena. Además, analizada la cuestión desde el punto de vista del ciclo de reencarnaciones, sin duda era excelente para el karma de *Helmut*. En cualquier caso, *Helmut* murió algunas semanas después. Un infarto.

Por fin llegó el 29 de agosto. Me desperté temprano. Desde la ventana de mi habitación podía ver cómo el bosque de los Colgaditos flotaba en una niebla rosada. Supuse que Monica había querido pintar el día con una luz mágica.

Me había pedido que le llevara el objeto valioso por la mañana para así tener tiempo de hechizarlo durante el día. Le había dado mil vueltas y el objeto más poderoso que había en casa, el único que tenía un verdadero valor sentimental, era el colmillo de elefante. Mi padre lo quería por encima de todo, era su bien más preciado. Si se hubiera incendiado la casa, yo creo que habría salvado antes el trofeo que a Gilles y a mí. Tenía que llevarle el colmillo de elefante a Monica por la mañana y esperar que mi padre no entrara en el cuarto de los cadáveres en todo el día. Como era sábado, no iría a trabajar. Ése era el único punto débil de mi plan. No quería ni imaginarme de lo que sería capaz si se daba cuenta de su desaparición antes de que llegara la noche.

La casa dormía. La Demo dormía. Incluso las cabritas dormían todavía en el corral. Tenía que esperar a que todos estuvieran despiertos antes de levantarme. Todo debía parecer absolutamente normal. Mi madre era siempre la primera en despertarse. Empezaba dándole los buenos días a *Coco*, que la recibía con sus vocalizaciones. Luego salía a dar de comer a las cabras, momento que Gilles y yo aprovechábamos para levantarnos.

Aguardé un buen rato mirando fijamente al techo. Pensé en el parásito que había en la cabeza de Gilles. Pensé en la hiena. Aquella noche, ganaríamos la batalla. Y todo aquello nunca habría ocurrido. Era el último día del borrador de mi vida. Por descontado, mi padre seguiría teniendo sus ataques de ira y mi madre seguiría siendo una ameba, pero estaba a punto de recuperar a mi hermano pequeño y su risa repleta de dientes de leche.

Cuando oí a *Coco*, me levanté. La ropa, preparada la noche anterior, me esperaba en una silla. Bajé a desayunar. Mi padre seguía en la cama. Me tomé un bol de cereales a toda prisa. Gilles apareció sin decir nada y se tomó un vaso de leche a sorbitos, con aire ausente. No pude contenerme y le dije: «Ya verás, todo se arreglará.» Frunció el ceño con un bigote de leche.

—¿De qué hablas?

—Nada, ya lo verás.

El cuarto de los cadáveres estaba justo al lado del de mis padres. Era arriesgado ir a buscar el colmillo de elefante con mi padre durmiendo a escasos metros, pero más arriesgado todavía era esperar a que se levantara. Subí sin hacer ruido hasta el rellano. Sabía exactamente qué tablillas del parquet debía evitar pisar para que el ruido no me delatara. Entré y cerré la puerta. Me dio la impresión de que mi padre me observaba a través de los ojos de la hiena, que me mordieron como siempre.

El colmillo de elefante estaba sujeto con dos ganchos. Al levantarlo, me sorprendió su peso, bastante mayor de lo que había imaginado. Estaba envolviéndolo con una toalla de baño cuando oí ruidos en la habitación de mi padre. Se acababa de levantar. Contuve la respiración. Su corpulencia de orangután hizo que se moviera una de las tablillas del parquet bajo mis pies. Salió de la habitación. A la luz del alba, su silueta dibujó una sombra bajo la puerta. La sombra permaneció inmóvil unos segundos, durante los cuales no aparté la mirada del pomo de la puerta. Se sorbió los mocos, carraspeó y se metió en el baño. No me atreví a mover un dedo hasta que oí el ruido de la ducha. Con el colmillo bajo el brazo, envuelto en la toalla, bajé la escalera. Mi madre estaba en la cocina y salí sin que me viese.

Corrí lo más deprisa que pude en dirección al bosque y la casa de Monica. Llamé a la puerta. Cuando abrió, tenía pinta de estar aún medio dormida. Me pareció más guapa que de costumbre. Una sonrisa se dibujó tras su melena gris desordenada.

—¡Vaya, chiquilla! ¿Quieres entrar?

Entré y desenvolví el colmillo de marfil. Monica puso los ojos como platos.

—Pero ¿esto qué es?

—Es el objeto más valioso que había en mi casa. Lo cazó mi padre y lo quiere con locura.

—Pero... ¿tu padre está de acuerdo en que lo utilicemos?

—¡Oh, no! Pero no se dará cuenta porque viajaremos en el tiempo.

—Ya, bien pensado.

Reflexionó unos segundos mientras acariciaba el marfil.

—En realidad no necesito un objeto tan poderoso. Yo pensaba más bien en un osito de trapo o algo por el estilo.

Siguió reflexionando unos segundos más.

—¿Sabes qué vamos a hacer? Vas a devolver este colmillo al lugar de donde lo has sacado y vas a traerme un peluche, ¿vale?

—Uy, eso es muy peligroso. Ahora mi padre ya está levantado y no puedo entrar en casa con esto a cuestas. Si me pilla, me... —Los labios me empezaron a temblar, las palabras se me atascaron en la garganta y dos lagrimones rodaron por mis mejillas. Me dio mucha rabia. No me gustaba nada llorar, pero si encima me cogía por sorpresa, me cabreaba conmigo misma—. No puedo devolverlo. Tenemos que viajar al pasado, es la única solución.

Monica miró mis lágrimas como si fueran las suyas. Sus ojos oscilaron de derecha a izquierda con breves y rápidos movimientos. Me hizo pensar en una palabra que había aprendido en la escuela: «desconcertada». Monica estaba desconcertada.

—Tú sabes que todo esto no es más que un juego, ¿verdad?

No entendí lo que quería decir, pero me sentó como una bofetada. Antes incluso de descifrar el significado de las palabras, mi cerebro percibió lo monstruoso de la frase. ¿Cómo que un juego? Era cualquier cosa menos un juego. Hice un esfuerzo sobrehumano por controlar las lágrimas y la rabia.

—El coche está listo, lo he tuneado como debía, sólo necesito una tormenta. Y usted me dijo que podía provocarla. ¡Tiene que funcionar! Esta noche viajaremos al pasado y salvaremos a mi hermano. ¡Usted me lo dijo! Salvaremos a mi hermano, salvaremos al heladero y las imágenes dejarán de taladrarme la cabeza. ¡Usted me lo dijo!

Entonces fueron sus lágrimas las que empezaron a rodar. Me cogió la cara entre las manos e hizo que no con la cabeza.

—Lo siento mucho.

—Pero si usted es un hada...

Volvió a negar con la cabeza.

Me entraron ganas de correr. De correr y nada más. De huir de aquella frase: «Tú sabes que todo esto no es más que un juego, ¿verdad?»

Salí de la casa, salí del zarpazo y llegué al campo de maíz. Corría tan deprisa que tenía la sensación de que mis piernas no podían seguirme. Las hojas afiladas me rasgaban las mejillas, pero me daba igual. Si hubieran podido trincharme entera y hacerme desaparecer como una lluvia roja de cachitos de carne cayendo sobre el campo de maíz se lo habría agradecido. Llegué al terraplén y salté con ganas de estrellarme y de que todo terminara. De oír por última vez la risa de la hiena y luego el silencio y la oscuridad. Pero aterricé sana y salva varios metros más abajo, sobre la arena amarilla. Estuve sollozando varios minutos, hundiendo los dedos en la arena, arañando la tierra húmeda hasta romperme las uñas. El sol rasante de la mañana vino a lamerme las lágrimas. Un viento cálido, ligero como una sombra, me acarició el cabello. Como si entre los dos quisieran calmarme. Pero no funcionó. Muy dentro de mí ardía una rabia tan grande que parecía que me la hubieran inyectado en la garganta. Me acerqué al coche de viajar en el tiempo, cogí una barra de hierro y empecé a golpearlo. Me cargué el parabrisas, me cargué el capó, me cargué el microondas, me cargué todo aquel año de trabajo, de dibujos, de investigaciones y de esperanza.

«¡Pero bueno!», gritó el dueño viniendo hacia mí. Lo miré a los ojos sin soltar la barra de hierro. Pensé en golpearlo a él también. Tenía que pagar por ello, alguien tenía que pagar por ello, fuera quien fuese. Lo que me estaba destrozando por dentro tenía que salir y comerse a alguien. Di un salto hacia delante. El dueño atrapó la barra con una mano y con la otra me dio un bofetón. Salí despedida contra un coche. El golpe fue tan violento que no pude respirar durante varios segundos. El hombre me miró. Estaba rojo y las venas se le marcaban en el cuello. Seguía con la barra de hierro en la mano. Se acercó, levantó la barra por encima de su cabeza y me gritó:

—¡Largo de aquí, maldita mocosa!

Me levanté y salí corriendo, subí el terraplén de arena agarrándome a las raíces, atravesé el campo de maíz, crucé el bosque y llegué a casa. Por primera vez, mi casa me pareció un refugio, pero no tenía claro que eso fuera una buena noticia. Entré por delante para no despertar sospechas. Gilles jugaba en su cuarto sin hacer ruido. Me acosté en la cama y esperé a que la rabia se apagara. Luego me puse a reflexionar. El problema más urgente era el colmillo de elefante: tenía que ir a buscarlo a casa de Monica y devolverlo a su sitio sin que mi padre se diera cuenta. Me levanté. La idea de volver a casa de Monica me producía un sentimiento extraño, a medio camino entre el deseo y el rechazo.

Mientras bajaba la escalera, decidí llevarme a *Dovka*. Mis padres no solían hacer preguntas sobre mis idas y venidas. De todos modos, por precaución, preferí tener la excusa de un paseo con la perra. Al salir vi a mi padre en la terraza con su taza de café, mirando cómo mi madre daba heno a las cabras mientras les cantaba canciones. Decía que era bueno para ellas. Sobre todo para *Comino*, que a su juicio tenía un temperamento neurótico. La verdad es que era una mala bestia, un chivo agresivo y terco. Aunque no era culpa suya: le pasaba como a *Coco*, que no soportaba estar en una jaula. Además, el corral era pequeño para cinco cabras. Pero mi madre se negaba a desprenderse de ninguna de ellas, así que les cantaba canciones. Y mi padre la observaba. A él no parecían apaciguarlo aquellas canciones. Al contrario: le cambiaban la cara. Se le torcía la boca. La comisura derecha se le bajaba como a un niño a punto de llorar y la parte izquierda del labio superior se le levantaba como a un perro que gruñe. Todo ello acompañado de extraños movimientos de mandíbula.

Salí por el jardín. La voz de mi padre tronó a mis espaldas.

—¡¿Adónde se supone que vas?!

Di un respingo.

—A pasear a *Dovka*.

—Te has echado un noviete, ¿eh?

Soltó una risa seca.

—No, no.

—Si te crees que no he visto que te traes algo entre manos, lo llevas claro. ¡Te has echado un noviete!

Volvió a reír.

—Que no, yo...

Salí pitando. Mi padre sabía que ocultaba alguna cosa. No sabía qué, pero notaba algo. Volví a llorar, esta vez de miedo.

Llegué a casa de Monica con las mejillas ardientes y mojadas. Me daba igual lo que pensara. Lo único que quería era recuperar el colmillo lo antes posible. Me esperaba fuera, sentada en el tronco. El colmillo, envuelto en la toalla, estaba a su lado. Lo cogí y farfullé: «Tengo que volver a dejarlo en su sitio.» Monica me agarró de la muñeca: «Espera, pequeña.» Tenía la voz quebrada. Y las mejillas rojas, ella también.

—Lo de la tormenta fue un camelo, pero lo demás no. Lo de Marie Curie era verdad. Tienes agallas, renacuaja. Las agallas de los que hacen grandes cosas. Hoy te has llevado un buen palo, pero... sigue luchando. Lo siento, no soy un hada. Pero tú, señorita, no eres una persona cualquiera. Y a los que te digan lo contrario puedes decirles de mi parte que se vayan a tomar por culo.

No tenía ganas de seguir escuchándola, sólo quería que el colmillo volviera a su sitio en la pared, un sitio que nunca debería haber abandonado. Me apretó aún más fuerte la muñeca.

—Seguirás viniendo, ¿verdad?

Le dije que sí con la cabeza sabiendo que no lo haría. Sólo quería que me soltara. Puse rumbo a la Demo. Desde el bosque podía ver nuestra casa con su jardín. La vegetación me permitía observar sin que me vieran. Mi madre seguía cantando en el corral, pero mi padre ya no estaba en la terraza. No podía arriesgarme a entrar con el colmillo sin saber dónde estaba. Di un rodeo por la calle. El sendero que llevaba hasta la puerta principal estaba flanqueado por una hilera de bojes. Escondí el paquete y entré sin hacer ruido. El sonido de la tele me confirmó que mi padre estaba exactamente donde me imaginaba: en su sofá. Volví a salir a por el colmillo.

Al franquear de nuevo la puerta, *Coco* me recibió con su particular chillido. Cerré la puerta lo más sigilosamente que pude. El vestíbulo estaba fresco comparado con el exterior. Se me puso la carne de gallina. Mientras avanzaba de puntillas hacia la escalera, tuve la sensación de que la hiena me perseguía. Casi podía notar su aliento húmedo en los riñones. Una bola de angustia incandescente me carbonizó el pecho. Apenas podía respirar. Estaba a punto de llegar al final de la escalera.

—¿Y bien?

Me quedé petrificada. Mi padre me observaba desde el vano de la puerta del salón. Al mirarlo, mi cuerpo se convirtió en un gran charco de sangre que empezó a derramarse como una cascada por los peldaños. De mí ya no quedaban más que dos globos oculares que observaban a mi padre desde el parquet. Entonces comprendí lo que mi madre debía de sentir cuando sus ataques de ira iban en aumento. Comprendí lo que era ser una ameba. Habría preferido mil veces ser una ameba que sufrir la suerte que me esperaba. No pude ni articular palabra. Un charco de sangre no habla.

—¿Se ha puesto contento tu noviete? ¡Ja, ja, ja!

Su risa... su risa era como los anillos de una pitón, que te abrazan antes de asfixiarte. No me quedó más remedio que bajar la cabeza.

—¿Qué es eso?

Señaló la toalla con el mentón.

—Cosas... que he recogido en el bosque para hacer bricolaje.

El ojo izquierdo se le contrajo y ladeó la boca. Me miró como miraba a mi madre cuando les cantaba a las cabras. Entonces sus ojos se detuvieron en la toalla. Dio un paso adelante. Las cotorras chillaron en el jardín y *Coco* les respondió. Dejé de ver mi futuro. Normalmente, tenía una visión bastante precisa de mi futuro a corto plazo: qué iba a hacer durante el día, durante la semana, lo que iba a comer, a leer. Pero de pronto todo se volvió blanco. Mi padre estaba a punto de descubrir el colmillo y todo iba a estallar sin que pudiera prever las consecuencias.

La melodía del telediario de la una sonó en el salón. Mi padre se detuvo. Su mente saltó varias veces de la tele a la toalla y de la toalla a la tele hasta que decidió ir a sentarse de nuevo sobre la piel de oso.

En alguna de mis lecturas había aprendido que la hormona del estrés y del miedo se llamaba «adrenalina». Sin duda, aquello era una sobredosis de adrenalina, pues apenas veía nada. Una niebla negra salpicada de puntitos fosforescentes había invadido mi cabeza.

Utilicé la memoria sensorial para acabar de subir la escalera y llegar al cuarto de los cadáveres, como hacía por la noche para avanzar en la oscuridad cuando me levantaba a hacer pipí. Entré. Gilles estaba allí, al lado de la hiena. Desenvolví el colmillo y volví a colgarlo de los ganchos. Mi hermano siguió la operación con su carita inexpresiva. No tenía ganas de darle explicaciones: demasiado largo, demasiado complicado. Aquella noche esperé a que viniera a acostarse a mi cama, como de costumbre. Pero no vino. Ni aquella noche ni las siguientes. Nunca más volvimos a dormir juntos.

El verano acabó tal como había empezado: como una lenta agonía. Esperaba impaciente que llegara a su fin aun a sabiendas de que el fin no arreglaría nada. Tardé varias semanas en entender las palabras de Monica: «Hoy te has llevado un buen palo, pero sigue luchando.» ¿Y si tan sólo me había equivocado de método? ¿Y si sólo había perdido una batalla? ¿Y si el combate no había hecho más que empezar? Un combate que iba a durar años.

Al fin y al cabo, qué más daba, si de lo que se trataba era de viajar al pasado. Así que el tiempo no tenía la más mínima importancia. Nada tenía importancia. Sencillamente, no podía conformarme con pasar el resto de mi vida mirando cómo el parásito se comía el cerebro de mi hermano y perderlo definitivamente. Aunque tuviera que dedicarle toda mi existencia, iba a cambiar las cosas. De lo contrario, me moriría. No había alternativa.

La ciencia, pues. La ciencia y nada más que la ciencia. La magia era cosa del pasado. Un juego de niños. Y yo ya no era una niña.

El curso escolar empezó.

El 26 de septiembre, Gilles cumplió ocho años. Como regalo de cumpleaños, mi padre lo inscribió en el club de tiro.

Aquel año entré en el instituto. Todo era distinto. Los chicos empezaban a ir detrás de las chicas y las chicas fingían ser mujeres. Nuestro microcosmos estaba alborotado, dominado completamente por el gran desmadre hormonal. Todos enarbolaban la prueba de su entrada en la pubertad como un trofeo. Por aquí, la sombra de un bigote, por allá, el bultito de una teta. Yo me sentía un poco ajena a toda aquella fauna histérica. Sobre todo cuando el instinto gregario los volvía agresivos. No sé por qué, había una chica en mi clase de la que todos se reían. Continuamente. Sin ningún motivo en particular. Supongo que necesitaban purgar el sobrante emocional. Y le había tocado a ella.

Yo concentré mi pasión en las clases de ciencias. Y más concretamente en la de física: quería entender las leyes de la temporalidad, el principio de causalidad, la paradoja metapsicológica, la curvatura del espacio-tiempo. Según el principio de causalidad, el efecto no puede preceder a la causa. Lo cual haría imposible, en teoría, los viajes en el tiempo. Pero algunos científicos refutaban dicha teoría y hablaban de «causalidad inversa». Si existía alguna posibilidad de volver al pasado, por pequeña que fuera, tenía que descubrirla y aprovecharla para reencontrarme con la risa de Gilles, con sus dientes de leche y sus enormes ojos verdes...

Mis profesores estaban encantados con mi curiosidad y con lo que ellos llamaban «vivacidad de espíritu». En realidad, se trataba simplemente de motivación. Si hubieran sabido que la risa de un niño tenía la culpa... Pero no podía explicárselo...

Llegó el verano y con el inicio de las vacaciones empezaron a desaparecer los gatos. Gatos del barrio. La Demo estaba llena de cartelitos. Críos y crías desesperados llamaban a las puertas con cara de desconsuelo blandiendo una foto de su pequeña mascota de cuatro patas, revolviendo cielo y tierra durante días, como habíamos hecho nosotros tras la desaparición de *Dovka*. Yo nunca dije nada, pero lo sabía todo: Gilles se había convertido en un *serial killer*. En el Jack el Destripador de los gatos de la Demo.

Obtuve la prueba una tarde en que salí a pasear a *Dovka*. Gilles no estaba en casa. Había ido al club de tiro con mi padre. Aquella actividad se había convertido en el ritual de los sábados por la tarde y había establecido entre ellos una nueva relación. Desde que era capaz de sostener un arma entre las manos, Gilles parecía digno de la atención de nuestro padre. Mantenían conversaciones incomprensibles para mí en las que hablaban de Smith & Wesson, Beretta, Pierre Artisan, Browning... Tal calibre para tal animal. Cómo atravesar la piel de un rinoceronte. Cómo pulverizar un órgano vital a varios centenares de metros de distancia.

De momento, mi hermano debería esperar para poder participar en una cacería, antes tenía que aprender a disparar a blancos inmóviles.

Su fisonomía seguía cambiando. Ya no era un niño pequeño: tenía ocho años y su química interna había mutado. Yo estaba convencida de que era por culpa del parásito, que proseguía con su trabajo de contaminación. Incluso olía diferente, como si hubiera cambiado de perfume. Desprendía algo inquietante. Era sutil, pero yo lo notaba. Parecía emanar de su sonrisa, de lo que yo llamaba su nueva sonrisa. Una mueca que decía: «Como des un paso más hacia mí, te zampo viva.» La sonrisa de mi hermano apestaba. Pero yo guardaba su secreto.

Aquel día yo andaba buscando una vieja cinta en la que había grabado un recopilatorio de canciones de The Cranberries. Como no la encontraba en mi cuarto, fui a ver en el de Gilles. Estaba escondida en un cajón de su escritorio. La metí en el *walkman* y saqué a pasear a *Dovka* como hacía todos los días. Me encantaba andar por los campos y los bosques y a ella perseguir a las liebres. Era su parte terrier.

Me gustaba la naturaleza y su perfecta indiferencia. La forma en que aplicaba su preciso plan de supervivencia y de reproducción independientemente de lo que pasara en mi casa. Mi padre molía a palos a mi madre y a los pájaros se la sudaba. Era reconfortante. Los pájaros seguían piando, los árboles crujiendo y el viento silbando entre las hojas del castaño. Yo no significaba nada para ellos. Era una simple espectadora. Y la obra estaba en cartel veinticuatro horas al día, siete días a la semana. La escenografía cambiaba según la estación, pero todos los años era el mismo verano, con su luz, con su aroma, con las moras que crecían en las zarzas al borde del camino.

A menudo me encontraba a la Espiga paseando al pequeño Takeshi en su cochecito, entonces hacíamos una parte del camino juntas. Seguía oliendo a plastilina. Con el tiempo había acabado por conocer sus hábitos y adaptaba las horas de mis paseos para aumentar las probabilidades de cruzarme con ella. La Espiga era muy habladora y a mí me gustaba escuchar su voz. Tenía un acento curioso, apenas perceptible, pero que yo asociaba con la Provenza y la *ratatouille*.

Sin ser plenamente consciente de ello, aquellos ratos con la Espiga se me hicieron indispensables. Un día me contó que trabajaba como educadora en un instituto de la zona y que el campeón de kárate era profe de gimnasia en el mismo centro.

—Fue un campeón de verdad, no te creas. Hace algunos años llegaron a seleccionarlo para el campeonato del mundo de Sídney, pero un día antes de irse se cayó al salir de la ducha y se rompió el coxis. Allí terminó su carrera. Y nunca lo ha superado del todo.

De modo que aquel día salí de casa con *Dovka* y crucé la Demo esperando encontrarme a la Espiga. Cuanto más sol hacía, más grises parecían las fachadas. Por puro contraste, el barrio ganaba en fealdad a medida que el tiempo mejoraba. La luz revelaba todo el alcance de su negrura como una constatación brutal: una constatación que me hacía entender que, aunque las condiciones fueran óptimas, aquel lugar sería siempre desesperadamente feo. Pasé por delante de un jardín minúsculo en el que un hombre muy gordo con un bañador diminuto dormía en una tumbona de plástico sucia. Tenía la piel blanca por debajo y roja por encima como si fuera una *panna cotta* con frambuesa. Un poco más lejos, otro hombre igual de gordo lavaba el coche con el torso desnudo. Me acordé del torso del campeón de kárate y me pregunté cómo era posible que hubiera dos torsos tan distintos en la misma especie animal. A fuerza de estudiar, empezaba a razonar científicamente.

Me crucé con una niña que tendría la edad de Gilles, tal vez un poco menos. Enganchó un cartelito con la foto de un gato en el poste de una señal de tráfico. Bajé los ojos y apreté el paso. Cuando estaba llegando a casa de la Espiga, la vi salir empujando el cochecito de Takeshi. Justo a tiempo. La alcancé y me sonrió. Salimos de la Demo en dirección a los campos. Takeshi no tardó en quedarse dormido. Me dije que quedarse dormido mientras te pasean al sol en un cochecito debía de formar parte de los grandes placeres de la vida. La Espiga se echó el pelo hacia atrás con un leve movimiento de cabeza. «Estoy embarazada», me dijo. «De una niña.» Algo en su voz convirtió mi corazón en una bola de nieve. La sacudió y miles de partículas centelleantes se agitaron en mi interior. El bebé aún no había nacido y ya había generado en su madre más amor del que yo había podido provocar en mi padre y mi madre juntos en doce años de existencia. Pero en vez de que el resentimiento aflorara me sentí reconfortada y segura. En aquel instante me di cuenta de que quería a la Espiga.

Estuvimos andando y charlando durante una horita antes de volver a la Demo. La Espiga entró en su casa, *Dovka* y yo volvimos a la nuestra. El hombre del bañador diminuto seguía durmiendo en su tumbona, pero esta vez bocabajo. Ahora estaba rojo por todas partes. Pensé en un melanoma maligno. Entonces recordé que había cogido el *walkman*. Me puse los auriculares y apreté el *play*. Lo que oí me desgarró las entrañas. No era la voz de Dolores O'Riordan, la cantante de The Cranberries. Eran gritos. Gritos de gatos torturados. Reconocí el dolor que había escuchado en los aullidos de *Helmut*. Me arranqué los auriculares y contuve las ganas de vomitar. Había observado que cada vez que pasaba la camioneta de los helados, Gilles se ponía el *walkman*. Sabía que lo hacía para no oír el *Vals de las flores*, pero pensaba que escuchaba música.

No sabía qué hacer con la cinta. Mi primera idea fue destruirla para impedir que el parásito se alimentara con aquellos aullidos. Me vino a la cabeza esa terrorífica escena de *Parque Jurásico* en la que, con la ayuda de un cabrestante, bajan una vaca atada con un arnés de acero al corral de los velocirráptores. Lo único que se ve es el movimiento de la vegetación y, al cabo de unos segundos, el arnés vuelve a subir vacío y desarticulado. El parásito que colonizaba la cabeza de mi hermano era tan voraz y tan vicioso como los velocirráptores de *Parque Jurásico*, así que temí que Gilles, al no encontrar la cinta, decidiera grabar otra. El silencio ya me hacía suficientemente cómplice como para añadir más animales martirizados a mi conciencia. Volví a casa con el tiempo justo para dejar la cinta donde la había encontrado antes de que Gilles regresara del club de tiro.

El acercamiento entre mi padre y mi hermano hacía que me sintiera aún más aislada. Mi relación con Gilles estaría jodida mientras no consiguiera cambiar el pasado. Y sabía perfectamente que no podía esperar más proximidad con mi padre por la sencilla razón de que era una chica. Aunque hubiera querido interesarme por las armas y la caza, no me habrían admitido en su círculo. A veces intentaba meter baza en sus conversaciones y la discusión terminaba invariablemente con un «Tú no puedes entenderlo». Tampoco es que me indignara: aceptaba como una evidencia que un chico valiera más que una chica y que había territorios que me estaban vedados. Era normal, así eran las cosas, seguramente era algo genético. Y luego es verdad que no acababa de imaginarme a Marie Curie con un AK-47 en las manos. Mi padre tenía un heredero y sólo podía ser un chico. Yo sabía que si le había hecho dos hijos a mi madre había sido para tener un varón. Si Gilles hubiera nacido niña, mi madre habría tenido que sufrir un tercer embarazo.

Lo que más me asombraba era que mi padre no había empezado a manifestar ningún interés por Gilles hasta el momento en que la hiena se había instalado en su cabeza. Yo creo que estaba encantado con el parásito y que hacía todo lo posible por alimentarlo. Mientras tanto, yo me alejaba, y cada vez estaba más sola.

Además, durante aquel primer año de instituto mi cuerpo había cambiado considerablemente. Me habían salido curvas por todos lados. No sólo en los senos, sino también en los muslos, en las caderas, en las nalgas. No sabía qué hacer con todo aquello. Procuraba no prestarle demasiada atención, pero me daba cuenta de que las miradas de los demás cambiaban al mismo tiempo que mis curvas. Sobre todo la de mi padre. Había pasado del estatus de cosita-sin-interés al de cosita-repelente. Tenía la impresión de haber hecho algo malo. A veces sorprendía a Gilles mirando el relieve que mis senos dibujaban bajo la camiseta y creía adivinar algo parecido a un reproche. Tenía la sensación de haberme convertido en una criatura repugnante.

En buena lógica, debería haberme acercado a mi madre, pero ¿qué relación podía tener con una ameba? Lo había intentado, pero su conversación se limitaba a comentarios elementales. «Acábate el puré», «Necesitas unos zapatos nuevos», «Este sol le irá bien a la psoriasis de *Nuez Moscada*», «Los animales son más agradecidos que los seres humanos». A pesar de todo, me gustaba echarle una mano en el jardín de vez en cuando. Pasar una tarde juntas arrancando malas hierbas en silencio se me antojaba una forma de complicidad.

Todos los años, el último fin de semana de agosto se hacía un mercadillo en la Demo. Un puñado de feriantes tomaba posesión de las calles e instalaba sus puestos, que desprendían un olor grasiento y dulzón. Algodón de azúcar, patos de pesca, tiro al blanco, autos de choque. Los vecinos de la urbanización sacaban del desván los trastos que no querían y los ponían a la venta en la acera. Salían de sus casas y se saludaban, lo que me hacía pensar que algo estaba cambiando, que la gente iba a empezar a relacionarse de verdad, a crear lazos que pudieran parecerse vagamente a la amistad o al amor. Pero en cuanto los feriantes se marchaban, todos volvían a refugiarse en su soledad, a sentarse frente a la tele, a cultivar la depresión, la amargura, la misantropía, la apatía o la diabetes, según el gusto de cada cual.

Todos los años iba con mi madre y mi hermano a dar una vuelta por el mercadillo. Me encantaban los *smoutebollen*, unos buñuelos espolvoreados con azúcar glas, aunque después del episodio del heladero sentía cierta aprensión hacia la gente que trabajaba manipu-

87

lando toneles de aceite hirviendo. Yo siempre quería doce *smoutebollen*. Mi madre, invariablemente, me decía que con ocho tendría de sobra, pero yo no me bajaba del burro e insistía en pedir doce. Entonces, invariablemente, mi madre me compraba doce. E, invariablemente, yo me comía seis.

El año anterior, mi hermano había hecho un pleno en la caseta de tiro. Había cogido la escopeta, había metido los balines de plomo y había dado en el blanco casi sin inmutarse, como si la idea de perforar un objeto inanimado no le hiciera demasiada gracia. Ahora ya no le hacía ninguna: en el club de tiro había armas de verdad, así que por primera vez no quiso acompañarnos.

Al pasar junto a la caseta de la pesca de patitos, mi madre lanzó una mirada asesina al feriante que ofrecía a los niños peces rojos en bolsas de plástico. Ése era el motivo por el que nunca pude jugar a pescar patitos: ni hablar de darle un duro a aquel verdugo de animales. Un poco más adelante vi a la Espiga vendiendo la ropita de Takeshi, que jugaba con sus *clicks* de Playmobil en la acera, junto a su madre. La barriga de la Espiga se había redondeado desde el comienzo del verano. Me estaba acercando a saludarla cuando una voz a mis espaldas hizo que me detuviera en seco.

—¡Anda, pero si es *Dovka*!

Me di la vuelta. Era el campeón de kárate, arrodillado y acariciando a mi perra, que le hacía fiestas. ¿Sería posible que se acordara de él? Los ojos del Campeón se fijaron en mí. Su cuerpo de caballo salvaje se enderezó. La bola caliente que me había crecido en el estómago el año anterior había madurado. Ahora, además del calorcito que propagaba por mi cuerpo, desprendía un aroma como de azúcar moreno, una sensación de humedad dulce en la que me entraron ganas de acurrucarme.

Sin saber muy bien por qué, tenía la sensación de estar traicionando a mi hermano al permitir que mi estómago produjera aquel calor. Sin embargo, el instinto me decía que lo que estaba pasando allí, en la profundidad de mis entrañas, alimentaba a una bestia capaz de plantarle cara a la hiena: una bestia poderosa y sanguinaria dedicada exclusivamente a mi placer. El Campeón se aproximó. Su mirada también había cambiado. Sin duda percibía el calorcito que me recorría el estómago. Y a él no parecía desagradarle. De buenas a primeras, el *short* que me había puesto me pareció demasiado corto. Me sentí desnuda en medio de la muchedumbre. El Campeón me sonrió. Recordé la expresión de su cara mientras incrustaba a puñetazos la cabeza del borracho en el sofá enmohecido. Aquella horrible expresión de monstruo perverso excitado por el olor de la sangre se parecía tan poco a la del hombre civilizado que ahora me miraba... De pronto me pregunté si el incidente había ocurrido de verdad.

—Cómo ha crecido tu perrita.

—Sí.

—Pero sigue teniendo algo de cachorra, qué mona.

—Mira, mamá, éste es el señor que me ayudó a recuperar a *Dovka* cuando la secuestraron.

—Ah, qué bien. Muy amable...

Mi madre no tenía ni idea de lo que le estaba diciendo. Había fijado la mirada a lo lejos, en un punto indefinido, pero yo sabía que no miraba nada en concreto: su cerebro estaba simplemente en *standby*. Me dije que todas las palizas que le había dado mi padre debían de haber mermado sus facultades mentales. El Campeón me miró durante unos segundos. La sensación de desnudez no me abandonaba. Entonces la Espiga lo llamó y cada cual siguió su camino. Aquel día no tuve ganas de comer *smoutebollen*. Mi madre compró varios esquejes de gisófila para el jardín y volvimos a casa. Así se acabó el verano. Los gatos continuaron desapareciendo. Y cuando ya no quedaron gatos empezaron a aparecer cartelitos con fotos de perros. Me acostumbré a dormir con *Dovka* en la habitación. Gilles se estaba convirtiendo en un extraño para mí, aunque estaba convencida de que, en algún lugar de su interior, mi hermano pequeño seguía existiendo. A veces veía, fugazmente, un destello en su cara, un asomo de sonrisa, un brillo en sus ojos, y sabía que no todo estaba perdido. Entonces me aferraba a la certeza de que algún día viajaría al pasado y podría cambiar el curso de nuestras vidas.

Me alegré de que empezara el cole para seguir estudiando.

Cuando terminó el año escolar, mi profe de ciencias convocó a mis padres a una reunión. Acudió sólo mi madre. Mi profe quiso que yo estuviera presente. A mí no me caía particularmente bien porque olía a leche agria. Además, no paraba de establecer relaciones entre los conceptos científicos y ciertos conceptos filosóficos que resultaban interesantes, pero ralentizaban la clase. Y sus clases ya eran de por sí demasiado lentas. Como la de mates. Yo me aburría. Los demás alumnos estaban distraídos con sus asuntos amorosos y sus problemas cutáneos, así que ya les iba bien aquel ritmo. Ellos no habían oído la risa de la hiena. Si la hubieran oído, habrían entendido lo fútiles que eran sus preocupaciones. Yo quería avanzar a toda prisa. Tenía trece años y seguían hablándome de la composición de las células. Tampoco me caía bien mi profe porque era un pusilánime. Se había dado por vencido. El olor que desprendía era el primer signo de su dejadez, pero luego venía todo lo demás. De hecho, en la escuela todos eran unos pusilánimes, tanto los profes como los alumnos. Los unos eran estúpidamente viejos y los otros no tardarían en serlo. Un poco de acné, unas cuantas relaciones sexuales, la carrera, los críos, un empleo y, ¡hala!, se harían viejos y no habrían servido para nada. Pero yo quería ser Marie Curie, y no tenía tiempo que perder.

Sin embargo, aquel día mi profe de ciencias parecía haber decidido que quería servir para algo. Nos recibió a las dos en el aula. Bajo la luz azulada de los fluorescentes flotaba un ligero olor a cebolla cruda. Se dirigió a mi madre.

—Resulta que hemos tenido una junta de evaluación y hemos llegado a la conclusión de que su hija posee unas aptitudes excepcionales en física y en matemáticas.

El profe me miró.

—Nunca habíamos visto nada parecido. No sé de dónde le viene tanta pasión, pero realmente es eso: una auténtica pasión. Este año, a finales de septiembre ya se sabía el programa de toda la asignatura. Por eso pensamos que el año que viene debería hacer un curso superior al suyo.

Mi madre ponía la cara que pondría una vaca a la que le estuvieran explicando el principio de incertidumbre de Heisenberg.

—Ah, eso estaría bien.

Entonces el profe se dirigió a mí y me tendió un trozo de papel.

—Tengo un amigo que vive cerca de vuestra casa. Normalmente, le mando a los alumnos con dificultades para que les dé clases de refuerzo. Creo que deberías ir a verlo, seguro que tendréis muchas cosas de las que hablar. Dio clases de física cuántica en la Universidad de Tel Aviv. Tienes que conocerlo.

Me puso el trozo de papel en la mano, me la cerró y me la apretó mientras repetía: «Tienes que conocerlo.» Me sorprendió tanta insistencia. Era la primera vez que lo veía implicarse en algo de verdad. Mi madre le dio las gracias y volvimos a casa. La ayudé a preparar la cena. Había observado que mi madre servía carne roja cuando mi padre estaba nervioso, como si creyera que la carne ensangrentada apaciguaría su rabia. Pero yo sabía que la sangre no iba a apaciguarlo: necesitaba dañar la carne viva, ya fuese con el puño o con una bala del calibre 22.

No se me había olvidado el episodio del bistec y del plato hecho añicos. Y a mi madre tampoco. No había día que no se lo recordara la marca que le había quedado debajo del ojo. Desde entonces, ya no se atrevía a cocinar la carne. Se limitaba a sellarla, pero por dentro quedaba cruda y fría. Aquel día había hecho pierna de cordero al horno. Al sentarnos a la mesa, mi padre le preguntó que por qué nos habían citado en la escuela.

—Porque la niña saca buenas notas en mates y quieren que se salte un curso.

—No son buenas notas, son la máxima nota. Y no sólo en mates, TAMBIÉN en ciencias.

—Lameculos.

Era Gilles quien lo había dicho. Yo intentaba ignorar sus ataques, cada vez más frecuentes. Tenía la sensación de que estaban relacionados con los cambios que sufría mi cuerpo. Pero sabía que no era mi hermano quien hablaba: era la mugre que tenía en la cabeza. Y aquello no hacía más que reforzar mi determinación.

Mi padre soltó una risa hueca. Después, en voz baja, con aquella voz que precedía a sus ataques de ira, resopló: «Ah, muy bien. Así que tenemos a una intelectual en la familia.» Hizo aquel movimiento extraño con las mandíbulas: el movimiento que indicaba que tenía ganas de bronca. Seguimos comiendo en silencio el cordero crudo, pero comprendí que a partir de entonces me había convertido en una presa. Igual que mi madre.

En el pedazo de papel que me había dado mi profe había un nombre y una dirección: «Profesor Yotam Pavlović, avenida del Baleau, 11.» Estaba en la Demo, justo en la esquina opuesta a nuestra casa. Fui al día siguiente. Me llevé a *Dovka* porque Gilles estaba en casa y no quería dejarla sola con él. De camino, pasé por delante de la casa de la Espiga y el Campeón. Hacía varios meses que no la veía y supuse que ya habría dado a luz a su hijita.

Una bandada de cotorras verdes atravesó el cielo. Recorrí la calle hasta el número 11. Era una casa gris y negra como todas las demás, pero tenía el jardín cuidado. Había macetas con geranios en las ventanas. Llamé al timbre. Abrió la puerta un hombre de estatura media, pelo blanco y espesas cejas negras enmarcando una mirada inquietante. En el mentón, destacaba una perilla trenzada con una perlita verde en la punta.

—¿Sí?

Le expliqué el motivo de mi visita. Me invitó a entrar. El vestíbulo estaba a oscuras.

—Yaëlle, ponte la máscara, tenemos visita.

No vi a la persona a quien se dirigía, pero en la sala de estar que había a mi derecha noté movimiento y oí una radio. Música clásica. Seguí al profesor Pavlović hasta el comedor. Había una mesa maciza de roble oscuro, un ramo de rosas rojas sobre un aparador que hacía juego con la mesa y, en la pared, una inmensa pizarra blanca laqueada repleta de fórmulas y esquemas trazados con rotulador negro.

El profesor señaló una silla y me senté. Me observó durante unos segundos desde debajo de sus espesas cejas. Yo también lo observé a él. Había algo extraño en aquel hombre, una mezcla de confianza y de timidez. Pero ni rastro de violencia. Hizo girar la perla de la perilla entre sus dedos.

—¿Por qué te interesa la física?

—No lo sé. Me gusta y punto.

—Sí lo sabes.

Le aguanté la mirada.

—Pero no es asunto mío, ¿verdad?

Tenía un modo muy curioso de pronunciar las palabras. Nunca había oído nada parecido. Me gustó.

—¿Qué puedes decirme sobre la dualidad onda-partícula?

—Eh... Que son dos nociones separadas en mecánica clásica, pero en física cuántica se dice que son dos facetas de un mismo fenómeno.

—¿De qué fenómeno, por ejemplo?

—Pues... de la luz. La luz puede comportarse como un conjunto de partículas: los fotones, o como una onda, dependiendo del contexto de experimentación.

—Eso no forma parte del plan de estudios; ¿dónde lo has leído?

—En *El mundo cuántico* de Stéphane Deligeorges.

Me observó durante unos segundos más. Me pregunté si debía fiarme o no de él. Detrás de aquella mirada intuía un alma herida que, como la de mi padre, descifraba mis pensamientos con una facilidad aterradora.

—Puedes venir a verme una vez por semana, te ayudaré a progresar. ¿Me das tu número de teléfono? Me gustaría hablar con tus padres.

Me tendió un bolígrafo y una libretita.

—¿Por qué quiere hablar con mis padres?

—Porque necesito su consentimiento. Y porque tendremos que hablar de dinero: las clases no son gratis.

—Mi madre le dará su consentimiento. Pero no querrá ni oír hablar de dinero. Ya me las apañaré yo por mi cuenta.

Anoté mi número de teléfono en la libretita.

—Eso sí, le agradecería que llamara durante el día. Prefiero que hable con mi madre que con mi padre.

Tenía la sensación de que era mejor no recordarle demasiado a mi padre que me gustaban las ciencias. La reacción que había tenido la noche anterior me decía que estaba adentrándome en un terreno peligroso. Su gusto por la humillación me obligaba a construirme en silencio, de puntillas.

El profesor me acompañó a la puerta. A juzgar por la radio, que seguía encendida en la sala de estar, la otra persona no se había movido de allí. Lancé una mirada furtiva, pero desde mi posición no podía verla.

El profesor se despidió y quedé en volver a la semana siguiente.

Tenía que ganar dinero como fuera. El profesor Pavlović era la única persona que conocía con la que poder hablar de la dualidad onda-partícula, del efecto Aharonov-Bohm o del experimento de Stern y Gerlach, nociones que me resultaban familiares, que había leído en los libros, pero que aún no entendía. Decidí ofrecerme como canguro. Podía empezar por la Espiga. Con dos niños, seguro que necesitaba que alguien le echara una mano. Fui a llamar a su casa. Se alegró de verme. El Campeón no estaba y sentí un regusto de decepción en la garganta. La Espiga me presentó a su hijita, Yumi. Takeshi había crecido un montón. Le comenté mi idea de hacer de canguro y me dijo que sí de inmediato. «Con los niños, apenas tenemos tiempo para nosotros.» Me propuso que fuera una noche de la semana siguiente. Era la víspera de mi primera clase con el profesor Pavlović. Perfecto. Le pregunté si podía llevar a *Dovka*. «No puedo dejarla sola en casa.» Se quedó un poco sorprendida, pero aceptó sin problema.

Ahora faltaba convencer a mi padre. Las clases con el profesor Pavlović serían durante el día, mientras él estaba en el parque de atracciones, pero los canguros no podría ocultárselos. Tenía que buscar una excusa para justificar que necesitaba ganar dinero, algo convincente. Empezaba a entender que la menor iniciativa por mi parte era susceptible de despertar su animadversión. Esperaba de mí que fuera como mi madre: un envoltorio vacío, desprovisto de deseos. No sabía quién era su hija. Pero, a mis trece años, estaba a su merced. Así pues, debería engañarlo hasta tener edad para independizarme.

Dos días después, aprovechando que mi madre y mi hermano habían salido, me decidí a hablar con mi padre. Estaba en la terraza limpiando sus armas. Era su actividad preferida los domingos por la tarde cuando no estaba de caza o en el club de tiro. Las armas eran lo único de toda la casa que mi madre no tenía que limpiar. Incluso a los animales disecados tenía que pasarles el plumero regularmente para quitarles el polvo. Como mi padre utilizaba productos muy fuertes, yo agradecía que hiciera el mantenimiento de sus armas en la terraza. Cuando lo hacía en el interior, la casa apestaba durante días.

—¿Papá?

—Mmm.

—Estaba pensando que... que este año me gustaría hacerle un regalo a Gilles por su cumpleaños. Cumple diez años, es algo importante...

Estaba frotando el cañón de la escopeta con un cepillo especial.

—Ya. ¿Y...?

—Pues que necesito dinero para eso. Ya soy mayor para ganarlo por mi cuenta. Podría hacer de canguro...

Dejó el arma en la mesa y me miró como el día en que robé el colmillo de elefante. Notó que mentía. Bajé los ojos repitiéndome que en realidad no era ninguna mentira. Todo aquello lo hacía por Gilles. Procuré imitar la actitud de mi madre, aparentar la mayor transparencia posible. «Ok», dijo, cogió de nuevo la escopeta y siguió frotándola con el cepillo. Llené la Demo de anuncios donde proponía mis servicios como canguro.

Por fin llegó la noche convenida con la Espiga. Me abrió la puerta ella misma. El Campeón no estaba en casa: habían quedado en verse directamente en el restaurante. El salón apenas había cambiado respecto a la primera vez, el día en que raptaron a *Dovka*. Sólo había un poco más de desorden. Takeshi estaba sentado en el sofá viendo *El rey león*. Recibió a *Dovka* con pequeños gritos de alegría. Yumi balbuceaba en su corralito.

La Espiga me dejó un listado de recomendaciones. «A veces a Takeshi le duelen las piernas», dijo. «Es porque está creciendo.» Entonces me mostró un frasco con aceite para hacer masajes, por si acaso. Antes de irse nos besó a los tres, como si yo fuese uno de sus hijos.

Me senté al lado de Takeshi y vi cómo Simba le hablaba al fantasma de su padre entre las nubes. Sólo entonces me di cuenta de que Disney se había inspirado descaradamente en *Hamlet* a la hora de escribir el guión. El espectro del padre que dice a su hijo: «No olvides quién eres», el hermano del rey que lo asesina para usurparle el trono; el héroe exiliado; la imagen de la calavera, omnipresente en la película; las referencias a la locura, encarnada por el mono. La principal diferencia era que Horacio se había convertido en un facóquero flatulento.

Cuando se acabó la película, Takeshi remoloneó un poco, pero me las apañé con un par de canciones y un par de cuentos. Yumi se quedó dormida entre mis brazos mientras le daba el biberón. La acosté en la cuna sin que se despertara. Un poco más tarde Takeshi se quejó de que le dolían las piernas y le di un masaje con el aceite que me había indicado la Espiga. Poco a poco, sus grandes ojos negros se cerraron, su boca se ablandó y su cuerpecito se sumió en un sueño tranquilo. Me quedé un buen rato contemplando el perfecto espectáculo y preguntándome si aquella criatura sería algún día consciente de la increíble suerte que tenía. La suerte de haber nacido allí. De ser el hijo de la Espiga y el Campeón. De estar rodeado de tanto amor.

Volví al salón y me pasé el resto de la noche viendo chorradas en la tele. Me dije que sólo me faltaba la botella de Glenfiddich para ser la digna hija de mi padre. Empezaba a quedarme dormida cuando llegó la Espiga. Me dio el dinero y se despidió con un beso. El Campeón me esperaba en el coche para llevarme a casa. Me subí en el Golf y dije:

—Podría haber vuelto a pie, es aquí al lado.

Él me sonrió y repuso:

—Nunca se sabe.

La bola de calor me saltó del estómago a la garganta y empecé a respirar entrecortadamente. Estaba sentada en el asiento del copiloto con mi cuerpo a pocos centímetros del suyo. Cuando llevó la mano al cambio de marchas, me rozó la rodilla. La bola de calor me bajó a las piernas y algo empezó a palpitar allí abajo. Creo que si el Campeón me hubiera tocado en aquel momento me habría desmayado. Lo que le había hecho al borracho me daba miedo, me producía un temor que rayaba en la repulsión. Y a pesar de todo, aquel calorcito...

—¿Ha ido todo bien? —me preguntó.

—Sí —le contesté.

Recorrimos los doscientos metros que separaban su casa de la mía en menos de quince segundos. Aquel trayecto en coche era totalmente absurdo. Detuvo el Golf junto a la acera. Sólo la cerca del jardín nos separaba de mi casa. Yo no tenía ganas de bajar del coche: la existencia del Campeón se me reveló de pronto como un elemento indispensable para mi supervivencia. Me habría gustado pedirle si podía quedarme a su lado para siempre. Sin decir nada, sin exigirle nada, únicamente sintiendo el calor de su presencia. Su cuerpo cerca del mío, alimentando aquello que palpitaba entre mis piernas. Pero entonces dijo: «Gracias por todo. ¡Hasta pronto!» Y me metí en casa.

Me acosté imaginando lo que habría pasado si sus labios se hubieran posado sobre los míos. Y sus manos sobre mi cuerpo. Sabía que no tenía derecho a pensarlo, que era algo malo, pero mientras soñaba con el Campeón mi mente se fue lejos, muy lejos de la hiena, y por un instante me olvidé de su existencia.

Al día siguiente volví a casa del profesor Pavlović. Oí el rumor de la radio en la sala de estar. Aquella presencia me tenía intrigado. El profesor me llevó al comedor y preparó té para los dos.

—Bueno, ¿qué quieres saber?

Me entró el vértigo: no sabía por dónde empezar. No me había dado cuenta del montón de preguntas que tenía en materia de física cuántica. La primera clase empezó así, de un modo caótico. Yo preguntaba y el profesor respondía haciendo dibujos en la pizarra blanca; pero, cuando aún no había tenido tiempo de terminar su explicación, yo ya le estaba preguntando otra cosa. Como una niña hambrienta a la que hubieran soltado en una pastelería.

En la escuela, mi apetito por aprender se veía cercenado, las puertas que intentaba abrir estaban cerradas con la llave de la ignorancia de mis profesores. No como en casa del profesor Pavlović, que me las abría todas, con paciencia, dejándome entrever la inmensidad de los territorios por explorar. Y se notaba que el placer era compartido. Cuando el profesor hablaba de física, parecía un artista sobre el escenario, le faltaba poco para entrar en trance embriagado por la pasión. Y no sólo me enseñaba física, también me contaba la vida de los grandes científicos.

Estaba hablándome de Isaac Newton cuando algo se movió en la oscuridad del vestíbulo. Distinguí una silueta que se acercaba lentamente hacia nosotros. Cuando salió de la penumbra, ahogué un grito de terror: era el cuerpo de una mujer mayor vestida con un pijama de cuadros azules y blancos. Llevaba una máscara en la cara. Sonrisa de escayola, labios pintados de rojo, ojos agujereados, plumas y lentejuelas. Un rostro fijo y liso, eternamente joven, en un cuerpo de anciana.

—Yaëlle, te presento a nuestra nueva alumna. —Luego, dirigiéndose a mí—: Es Yaëlle. Mi esposa.

La mujer asintió con la cabeza. Me resultaba imposible distinguir sus ojos detrás de aquellos agujeros negros. Abrió una caja que había sobre el aparador, sacó varias galletas y me ofreció una. «No, gracias», le dije. Dio media vuelta y regresó a la sala de estar. Cada paso que daba parecía costarle un esfuerzo descomunal. No me atreví a preguntarle al profesor nada al respecto.

Aquella primera clase duró tres horas y salí de allí inquieta y frustrada. Inquieta por el encuentro con Yaëlle y frustrada por tener que esperar una semana hasta nuestra siguiente cita. Frustrada porque mi vida no fuera una clase eterna con el profesor Pavlović.

No dejó de llover en todo el verano, como si el cielo estuviera de luto. Largos días y largas noches pasados por agua con aquel incesante ruido de fondo, una crepitación tan triste que parecía que la naturaleza misma coquetease con la idea del suicidio. Incluso la hiena había dejado de reír. Incluso Gilles parecía no estar de humor para torturar animales. Pero yo conservo de aquel verano un recuerdo maravilloso gracias al profesor Pavlović y a las pocas noches que pasé cuidando de Takeshi y Yumi. No fueron más de dos o tres, pero me produjeron el efecto de un manantial en el desierto. Quería a aquellos niños como si fueran mi hermano y mi hermana pequeños. Quería a la Espiga. Y quería al Campeón. Y es que cada una de aquellas noches había terminado como la primera, con aquel momento nuestro y sólo nuestro. Suyo y mío. Con sus manos rozando mis rodillas al cambiar de marcha y mi cuerpo inflamándose. Era como estar en una montaña rusa, una mezcla de placer y de aprensión, de sensaciones indescriptiblemente voluptuosas pero de una intensidad aterradora, incontrolable.

• • •

Cuando la lluvia nos daba una tregua, me encantaba ir a caminar descalza por el corral de las cabritas. Sus pezuñas, pequeñas y puntiagudas, habían convertido la tierra encharcada en un auténtico lodazal y me lo pasaba pipa hundiendo los pies hasta los tobillos. El objetivo del juego era no caerme, pues el barro estaba muy resbaladizo. Me encantaba el contacto de la tierra empapada con mi piel desnuda. Jugaba con *Pimentón* y nuestras carreras terminaban inevitablemente en un resbalón y una caída. Me partía de risa, *Dovka* ladraba y el macho cabrío brincaba. A veces, *Comino* embestía y yo salía pitando del corral para evitar sus cornadas. Y entraba en casa enfangada de los pies a la cabeza.

Mi madre intentaba convencerme de que a los trece años debía empezar a comportarme como una señorita. «A los hombres no les gustan los marimachos.» Y sin duda tenía razón. En la escuela, las chicas ya no jugaban a pelearse o a perseguirse, actividades exclusivas de los chicos. Mis compañeras se controlaban, adoptaban poses supuestamente femeninas. A veces las observaba. Se reían llevándose una mano a la boca o un mechón detrás de la oreja. Sus gestos eran sutiles y graciosos, como los de la Espiga. Pero yo sabía que la sutilidad y la gracia no formaban parte de mi código genético.

El boca a boca funcionó y otras familias empezaron a llamarme para cuidar a sus hijos. Cada vez trabajaba más, lo que me permitía ganar bastante dinero, por un lado, y librarme de las cenas familiares, por el otro. Gracias a los canguros pude pagarme las clases con el profesor Pavlović y atiborrarme literalmente de ciencia que digería a toda prisa, insaciable.

Progresaba rápidamente. El profesor Pavlović decía entre risas que, con semejante ritmo, me darían el Premio Nobel de Física antes de cumplir los veinticinco. Pero, más allá de las risas, yo percibía en él una verdadera fascinación por el pequeño fenómeno en que me estaba convirtiendo.

Yaëlle y su máscara me daban miedo, pero no me atrevía a hacer preguntas. Llegué a la conclusión de que era muda, aunque sin saber el motivo de su mutismo ni de su máscara.

Una tarde, tras la clase con el profesor, tuve un extraño malestar al volver a casa. ¿Sería por culpa del silencio? Las cotorras habían dejado de cantar. Hasta el viento se había callado. ¿O sería por la actitud de *Dovka*, que no se separaba de mí, con el rabo entre las patas, cuando habitualmente corría como una loca varios metros por delante? No tenía ni idea, pero la hiena rondaba cerca, de eso estaba segura. Y sin embargo aquel día me sentía bien. Incluso estupendamente bien. Acababa de cruzarme con el Campeón al pasar por delante de su casa. Salía del coche y, al verme, sonrió y me saludó. Se acercó, me puso una mano en los riñones y me dio un beso en la mejilla. El contacto de su mano me había convertido en una antorcha viviente. Seguía notando su huella en la piel de la espalda: lanzaba pequeñas descargas eléctricas hacia la parte superior de mis piernas.

Ése es el estado exacto en el que me encontraba al llegar a casa. Y si la hiena no se entrometía, podría durar varias horas.

Mi madre estaba planchando en el salón. Subí la escalera. Gilles jugaba con la Game Boy en el cuarto de los cadáveres. Todo parecía normal. Me encerré en mi habitación y me senté en el alféizar de la ventana para poder pensar tranquilamente en el cuerpo del Campeón, en su mirada, en su mano en mi espalda. Empezaba a conocer a aquella criatura dulce y cálida que vivía en mi estómago. Habría podido pasarme horas así, en aquel estado de ausencia, de plenitud, de conexión absoluta con mi cuerpo y mis sensaciones.

Fue entonces cuando oí los chillidos de mi madre en el jardín, justo debajo de mi ventana. No podía verla, las ramas del roble me lo impedían, pero sabía que estaba en el corral. Conocía sus gritos, los pequeños gritos de ameba que soltaba cuando mi padre perdía el control de su ira y del Glenfiddich. Nada que ver con lo que ahora rasgaba la quietud de aquella tarde de verano. Bajé corriendo y salí al jardín. Vi a mi madre de espaldas, arrodillada en el barro, inclinada sobre algo que no podía distinguir. Me acerqué. Era *Comino*. El macho cabrío yacía sobre un charco de sangre todavía fresca. Mi madre, con los labios pegados a la boca del animal, intentaba en vano reanimarlo. Los ojos de *Comino* eran dos órbitas sanguinolentas. Le habían arrancado las orejas, que ahora se hallaban a algunos centímetros de su emplazamiento natural. Le habían hecho un tajo tan profundo en el cuello que la cabeza ya sólo estaba unida al cuerpo por la columna vertebral. Tenía tantos cortes por todo el cuerpo que no había un

108

centímetro cuadrado de pelaje que no estuviera impregnado de sangre. Mi madre se empeñaba en hacerle el boca a boca. La miré durante unos segundos mientras me preguntaba si habría luchado con tanta energía por Gilles o por mí. La agarré por los hombros. «Se acabó, ven.» Soltó un largo aullido. Luego vinieron los sollozos. Se volvió hacia mí, me abrazó y estuvo llorando un buen rato. No fue sólo un gesto de consuelo: sentí que también había amor. Incluso me pareció notar algo como: «¿Y si te pasara algo a ti, mi vida?» Aunque a lo mejor me equivocaba. Nos quedamos así varios minutos, llorando la una en brazos de la otra. Yo lloré porque volvía a oír la risa de la hiena y estaba aterrorizada, pero también porque de algún modo había reencontrado a mi madre y, de pronto, me daba cuenta de que la quería. Y lloraba, asimismo, por la pérdida de mi hermano. Al llevarlo a cometer semejante atrocidad, el parásito había golpeado duramente el bastión de la resistencia, la aldea de los irreductibles galos, y tenía serias dudas de que pudiera haber supervivientes.

Una oleada de cansancio se apoderó de mí. Me pregunté si todo aquello valía la pena, si no sería demasiado pequeña, demasiado débil para afrontar aquel caos sórdido que parecía decidido a invadir mi existencia. Me entraron ganas de quedarme dormida y no volver a despertarme. Luego me dio frío. Así de tonta fue la cosa. Me dio frío y decidí entrar en casa. Cogí a mi madre del brazo y la llevé adentro. No opuso resistencia. Ella también estaba agotada, sin duda más que yo. Me pregunté cómo lo hacía para aguantar el tipo. La dejé en el sofá y siguió sollozando. Encendí la tele para que le hiciera compañía y fui a ver a Gilles al cuarto de los trofeos. Lo encontré sentado en el suelo, al lado de la hiena. Desde allí tenía que haber oído por fuerza los gritos de mi madre.

—¿Por qué lo has hecho?

No apartó los ojos de la consola.

—¿Por qué he hecho qué?

—Lo sabes perfectamente.

No dijo nada.

—¿No has oído gritar a mamá?

—Tenía el *walkman* puesto.

Estaba sentado, hecho un ovillo sobre su Game Boy. Le di un patadón en el muslo. Un patadón bien fuerte. Hizo un ruido sordo. Gilles se rió.

Mi hermano había crecido. Con aquel cuerpo enjuto parecía un pajarraco. Un carroñero. El pelo también se le había oscurecido. Y se lo estaba dejando crecer, lo que le daba un *look* setentero, totalmente anticuado. Pese a todo, seguía siendo guapo. Destacaban sus ojos, de un verde sobrenatural. Parecía un personaje de Stephen King. Me pregunté qué tipo de chico sería si no hubiese ocurrido el accidente del heladero.

Contemplé los animales disecados que había a nuestro alrededor. Gilles parecía formar parte de su familia. Un espécimen de cría humana entre especímenes de otras especies. Absorto en el juego, parecía haberse olvidado ya de mi presencia.

Volví abajo a ver a mi madre. Seguía en el sofá, pero había dejado de sollozar. Con expresión afligida, se abrazaba el torso y gemía balanceándose hacia delante y hacia atrás. En la pantalla, un anuncio ponderaba las virtudes de una marca de carne picada. Apagué el televisor. Justo entonces mi padre volvió del trabajo. Le conté lo que había pasado.

—Bah, habrá sido un perro: el barrio está lleno de degenerados que no saben educar a sus bichos.

—No, no ha sido un perro. Un perro no arranca las orejas, un perro no tortura. Y, sobre todo, un perro no hace un corte tan limpio en la garganta.

Era la primera vez que le llevaba la contraria a mi padre y su cara me decía que acababa de cometer un grave error. Mi madre salió de su postración.

—Si lo dice tu padre será por algo, ¿no te parece? Está acostumbrado a ver animales muertos todo el tiempo.

—¡Pero si ni siquiera lo ha visto!

—Ha sido un perro y punto.

Fin de la historia.

Mi padre enterró los despojos de *Comino* en el bosque de los Colgaditos.

Le había mentido a mi padre diciéndole que quería ganar dinero para hacerle un regalo a Gilles por su cumpleaños, así que debía encontrarle uno. Pero no tenía la más mínima idea de qué regalarle. Todo lo que parecía susceptible de poder gustarle corría el riesgo de alimentar las miasmas de su cabeza. Había estado observándolo atentamente durante los días que sucedieron a la muerte de *Comino*. Mi hermano había lamido cada gota de la pena de mi madre, que deambulaba por casa con el desamparo de una gata que hubiera perdido a sus crías. De vez en cuando, cuando el dolor le resultaba insoportable, soltaba un aullido que le salía de dentro como el chorro de vapor de una olla a presión. Intentaba contenerse todo lo que podía, pero la presión era demasiado grande. Mi padre acabó hartándose y gruñó: «Bueno, basta ya. Estás cayendo en la sensiblería.» Movió la mandíbula de aquel modo suyo tan particular y el gesto no le pasó desapercibido a mi madre. El terror ahogó la pena. Pero mi hermano saboreaba su sufrimiento. La miraba hipnotizado. Con la boca entreabierta y el cuello estirado, sorbía cada lágrima como una sanguijuela. Al final le regalé el *Donkey Kong*, un nuevo juego para la Game Boy. Por lo menos mientras estuviera jugando no haría daño a nadie.

Por fin cesó la lluvia y llegó el otoño. Entré en la escuela en un curso superior. Los demás alumnos tenían un año más que yo, pero seguía viéndolos como un ejército de cretinos frívolos y crueles. Se tanteaban los unos a los otros sin atreverse a pasar a la acción. Las chicas tenían miedo de parecer unas guarras y los chicos unos obsesos cuando, en realidad, no eran más que organismos confundidos por la algarabía de un sistema hormonal en plena mutación, y no había por qué avergonzarse.

Mi escuela era un inmenso bloque de hormigón negro bordeado por unos pocos árboles. En cierto modo, se parecía un poco a la Demo. Tenía el encanto de un búnker rodeado de una vegetación domesticada, una naturaleza que aún tolerábamos, pero que había perdido la batalla hacía mucho tiempo. En las aulas había algunas ventanas, estrechas como aspilleras. Tan estrechas que un cuerpo no habría podido pasar por ellas. Bonita metáfora del sistema pedagógico que imperaba en aquel establecimiento: un yugo que ni siquiera se tomaba la molestia de dar la impresión de

113

libertad. Menuda ironía. Pero al menos tenía el mérito de ser coherente. De hecho, la imagen del yugo no estaba tan alejada de la realidad: decenas de adolescentes plantados en los bancos como puerros obligados a pasarse el día escuchando las peroratas de unos profes hastiados. La cosa tenía algo de penitencia. En todo caso, nada que ver con el «placer de aprender» y el «alegre saber» preconizados año tras año por el director de la escuela en su discurso inaugural.

Yo no soportaba la inmovilidad. Una hora sin despegar el culo de la silla suponía para mí una auténtica tortura. Necesitaba moverme. En casa del profesor Pavlović no me sentaba nunca, iba y venía por el comedor como un atleta antes de una carrera. Como si el saber necesitara moverse para encontrar su lugar. Todo mi cuerpo se implicaba en el proceso de aprendizaje. Cuanto mayor me hacía, mayor conciencia tenía de su existencia y complejidad.

Así que en clase sufría. Mi cuerpo no tenía derecho a existir y mi mente hambrienta estaba a pan y agua, de modo que se evadía por las aspilleras para pasearse por los bosques.

Soñaba con el Campeón. Soñaba que me cogía de la mano y me miraba como me había mirado el día del mercadillo, haciendo que me sintiera desnuda en medio de la muchedumbre. Y entonces entendía que me estaba dando permiso para tocarlo. Mis dedos empezaban rozándole el brazo allí donde empezaba el tatuaje. Nunca había tenido tiempo de ver bien lo que representaba, pero imaginaba que era un gran símbolo tribal que hablaba de mí. Tal vez ponía mi nombre. Como si hubiera estado esperándome toda su vida, como si hubiera adivinado que un día nos encontraríamos y me hubiese grabado en su epidermis antes incluso de conocerme. Por supuesto, mi cuerpo también estaba sumergido en aquella gran sopa de hormonas que afectaba a mis compañeros. Y aquella gran sopa despertaba mi anhelo de reproducirme. Porque así es como se perpetúa la especie y yo no era una excepción a la regla. Y porque pensar en el Campeón era como un sucedáneo del acto sexual, un sucedáneo que liberaba endorfinas y apaciguaba un poco mi cuerpo, aunque sólo fuera hasta la próxima clase.

A principios del verano siguiente, mi padre hizo un anuncio curioso: había decidido que Gilles y yo participáramos en un juego nocturno organizado con sus amigos del club de tiro para endurecer a los niños, para que nos acostumbráramos a andar de noche por el bosque. «Puede pasar en cualquier momento sin previo aviso, tendréis que estar preparados.» Nos dio a cada uno una pequeña mochila en la que había una cantimplora, un chubasquero, unos prismáticos, varias barritas de cereales y una navaja plegable. La mochila tenía que estar a los pies de la cama, lista para llevárnosla en mitad de la noche, con unos tejanos, un jersey y unas zapatillas de montaña.

No entendía por qué me hacía participar en una de sus actividades, pero estaba contenta de que me hubieran admitido por una vez en su círculo. Y eso que me aterrorizaba la idea de encontrarme a oscuras en el bosque con mi padre y mi hermano. Sabía que la hiena no andaría lejos y que me seguiría el rastro. Todas las noches me acostaba con un miedo terrible en el estómago, atenta al menor movimiento que se produjera en casa. *Dovka* dormía a mis pies, apaciblemente, sin sospechar la amenaza que se cernía sobre nosotros. Envidiaba su despreocupación. Y no conciliaba el sueño hasta bien entrada la noche, cuando ya estaba segura de que no vendría nadie a sacarme de la cama.

Gilles había repetido curso. No manifestaba el más mínimo interés por la escuela. No manifestaba el más mínimo interés por nada, excepto por la muerte. En realidad, yo creo que apenas sentía nada: la máquina de fabricar emociones se le había estropeado y la única manera que tenía de sentir algo era matando o torturando. Supongo que algo pasa cuando uno mata. Desplaza un elemento en el gran equilibrio universal y eso genera una sensación superpoderosa. Gilles se aburría. Yo confiaba en que algún día lograría cambiar el pasado, pero necesitaba tiempo. Mientras tanto, la vida de mi hermano iba a ser una larga y monótona autopista repleta de esqueletos de animales.

Mi vida, en cambio, era muy distinta. Tenía unos objetivos que cumplir. E incluso momentos de intensa alegría. Cada una de mis citas con el profesor Pavlović era como pasear por un planeta desconocido que sólo me pertenecía a mí y en el que la hiena no existía. Y cuando no estaba con el profesor, seguía explorando el planeta yo sola desde casa. Me ejercitaba sin descanso, resolviendo las ecuaciones más intrincadas, leyendo las publicaciones científicas de los investigadores contemporáneos. A veces, incluso, llegaba a sorprender al profesor Pavlović con resultados de investigaciones que ni él mismo conocía. Soñaba con formar parte de aquellos equipos que experimentaban con las leyes de la temporalidad. No era la única que soñaba con viajar en el tiempo y estaba impaciente por encontrar a los «otros», aquellos que estaban lo bastante chiflados como para soñarlo también. Pensaba mucho en Marie Curie. La sentía a mi lado. Siempre allí, en mi cabeza, hablando conmigo. La imaginaba observándome continuamente, indulgente y maternal. Estaba convencida de que, desde el reino de los muertos, había decidido sumarse a mi causa y convertirse en una especie de madrina para mí.

Al profesor Pavlović no le gustaba la idea del viaje en el tiempo, pero formaba parte de los científicos que sostenían que era posible. La comunidad estaba dividida al respecto. Stephen Hawking, por ejemplo, sugería que si viajar en el tiempo fuera posible, entonces deberíamos haber recibido ya la visita de viajeros procedentes del futuro. El hecho de que dichas visitas no se hubieran producido demostraría la imposibilidad de la exploración temporal. A mí, semejante argumento me parecía deshonesto. Suponiendo que viajar en el tiempo fuera posible, no me imaginaba a los hombres del futuro desembarcando en los años noventa con chanclas y camisas hawaianas, en plan turistas. Por otro lado, había suficientes fenómenos inexplicados, que los más ingenuos atribuían a visitas extraterrestres, como para excluir la posibilidad de que los viajeros del futuro pudieran existir. Fuera como fuese, el profesor Pavlović sostenía que, si bien la idea era teóricamente concebible, formaba parte de esos territorios de la ciencia que más valía no explorar: «El viaje en el tiempo», decía, «es como la inmortalidad: una fantasía comprensible, pero hay que aprender a aceptar lo inaceptable. El hombre quiere comprender, forma parte de su naturaleza, de su naturaleza de niño. Tú observa, comprende, explica, es tu trabajo como científica. Pero no intervengas. El universo tiene sus leyes, y funciona, es un sistema que se construye a sí mismo, es a la vez arquitecto, obrero y producto, nunca podrás ser más lista que él. Yo lo he intentado antes que tú, sé de lo que te hablo». Si hubiera conocido a Gilles antes del accidente del heladero, no habría hablado así. Hay cosas que no se pueden aceptar. Si lo hacemos, nos morimos. Y yo no tenía ganas de morirme. Empezaba a darme cuenta de las cosas buenas que tenía la vida cuando un hombre sin cara no estaba continuamente en tu cabeza.

El profesor Pavlović había sido un físico eminente, reconocido por la comunidad científica gracias a sus trabajos sobre la relatividad general, pero había perdido toda su credibilidad por culpa de una teoría sobre la dispersión de los cuerpos que no había podido probar. Si un cuerpo podía desintegrarse y volver a recomponerse, entonces los viajes en el tiempo o la teletransportación parecían posibles. Y el profesor estaba convencido de que así era. Aseguraba que la dispersión de los cuerpos se producía en circunstancias particulares, especialmente durante el orgasmo: todos y cada uno de los átomos del cuerpo humano se dispersaban a lo largo y ancho del universo produciéndose una desintegración total del sujeto durante una unidad de tiempo extremadamente breve. Luego todo volvía a ponerse en su lugar. La duración del fenómeno era del orden del attosegundo, es decir, de una trillonésima de segundo. Imposible de medir. Además, el profesor Pavlović sostenía la hipótesis de que, cuanto mayor fuera el orgasmo, mayor sería el tiempo de la desintegración.

Para demostrar la legitimidad de su teoría, el reto consistía en provocar un orgasmo de potencia atómica en un cuerpo cubierto de sensores espectroscópicos y poder observar así el fenómeno de la desintegración.

Ni que decir tiene que semejante teoría lo había convertido en el hazmerreír de sus colegas. Había publicado diversos artículos sobre el tema en revistas especializadas, pero todas las ayudas que había solicitado para financiar sus investigaciones habían sido rechazadas por las comisiones competentes entre enormes carcajadas. Desde entonces, se había aislado en su burbuja y rechazaba los puestos de profesor que le ofrecían en la universidad. Pero yo sabía que en el fondo esperaba poder vengarse de la comunidad científica algún día. Y tal vez su venganza era yo.

Volví a ver al Campeón en varias ocasiones aquel verano. A veces me lo encontraba en la Demo cuando iba a casa del profesor Pavlović o cuando salía a pasear a *Dovka*. Y luego, una noche, ocurrió algo inesperado. Me había pedido que fuera a cuidar a sus hijos. Habitualmente, me llamaba la Espiga, pero esta vez estaba él solo: la Espiga había ido a pasar unos días al sur con su madre. Necesitaba mi ayuda. La noche transcurrió con toda normalidad, como de costumbre. Los niños tenían por entonces uno y tres años. Ahora era la pequeña Yumi la que padecía calambres de crecimiento, pero Takeshi también quería que le diera un masaje, así que organicé una gran sesión de *spa* en su habitación tratándolos de usted: «Señor Takeshi, señora Yumi, les serviré un poco más de té en el biberón», «¿La temperatura del aceite es de su agrado?», «¡Uy, cuánto lo siento! No era mi intención hacerle cosquillas». Bastaba con presionar ligeramente sus muslos lechosos, tomándolos entre el índice y el pulgar, para que se partieran de risa. Los acosté bastante más tarde de lo habitual, pero necesitaba sentir su calor.

Cuando por fin se durmieron, no tuve ganas de encender la tele. Hacía ya algún tiempo que no la soportaba. Supongo que me recordaba demasiado a mi padre... y al olor del whisky. Así que me di una vuelta por la casa observando cada detalle, cada libro, cada objeto, cada foto, jugando a sacar conclusiones sobre sus vidas, sus gustos, sus costumbres. Me hizo gracia ver la Sega Mega Drive con el juego *Mortal Kombat II*. No podía ser de los niños, eran demasiado pequeños. Un mando estaba conectado a la consola y el otro sobre un estante, cubierto con una fina capa de polvo. Supuse que el Campeón y la Espiga hacía tiempo que no jugaban juntos.

En los anaqueles había, sin orden ni concierto, libros de Reiser, de Wolinsky, de Gotlib, de Sand, de Maupassant, de Zola, de Christie, de Austen, de Dumas, de Jardin, de Bellemare. Y un volumen disimulado detrás de los otros: *La sexualidad en el matrimonio: ¿Cómo mantener la llama?* Me entretuve hojeándolo sabiendo que no tenía derecho a hacerlo. Había consejos del tipo: «Sorprende a tu pareja», «Haced el amor en cualquier sitio menos en la cama», «Acabad con la rutina», «Salid de fin de semana», «Utilizad objetos». Había anotaciones a lápiz que, por la caligrafía, atribuí a la Espiga. De hecho, la mayoría de los consejos parecían dirigidos a las mujeres: «Ponte lencería sexi», «Prueba la depilación integral». Estaba tan absorta en la lectura que no oí el coche del Campeón. Había un capítulo ilustrado con esquemas. Y al final, un cuadernito con un juego. En cada página había un dibujo de una pareja en una postura diferente. El juego consistía en abrir el cuadernito al azar e imitar la postura que saliera. La Espiga había hecho cruces en algunas páginas. Me pregunté si sería para marcar las que más le gustaban o las que menos. Fue entonces cuando noté la presencia del Campeón. Solté un pequeño grito de sorpresa. Estaba de pie, junto al sofá, con unos pantalones ceñidos y una camiseta blanca que realzaban los músculos de su cuerpo y con las llaves en la mano. Su cara tenía una tonalidad escarlata, quién sabe si a causa de la vergüenza o del enfado. Se limitó a decir: «Haz el favor de guardar eso.» No creo que estuviera realmente enfadado, pero el ambiente de la estancia había adquirido una consistencia particular, una consistencia espesa, como si cada uno de nuestros gestos desplazara una cantidad enorme de materia. Guardé el libro musitando una disculpa: «Lo siento, yo...» Entonces avancé hacia él y hacia la puerta.

—Puedo volver sola a casa, no tienes por qué acompañarme.

Pareció sorprendido. Dudó unos instantes antes de responder.

—Como quieras. ¿Ha ido todo bien?

—Sí, sí. Muy bien.

Cuando pasé por su lado para salir, me agarró de la muñeca.

—Espera.

Olía a alcohol, pero no al whisky de mi padre, sino a algo más suave. Seguramente cerveza.

—No diré nada del libro: será un secreto entre nosotros.

Mi muñeca seguía en su mano.

—Vale. Gracias.

El aire era tan denso que me costaba hacerlo entrar en mis pulmones. Nuestros cuerpos nunca habían estado tan cerca. Entonces me di cuenta de que lo que palpitaba entre mis piernas era mi sexo llamando al suyo.

Recordé que estaba en la rama equivocada de la vida. Algún día volvería atrás en el tiempo. Podía probarlo todo, no corría ningún riesgo. Volvería a aquel lejano día de verano de mis diez años y nada de todo aquello sucedería. Así que acerqué mi cara a la suya. Noté su aliento. Era cerveza, efectivamente. Mis labios se posaron en su mejilla. Si se hubieran retirado enseguida, si se hubieran alejado a la misma velocidad con que se habían acercado, todo habría quedado en un simple beso. Pero, como dos imanes que se hubieran acercado demasiado, nuestras bocas se encontraron. Besé aquellos labios que unos años antes le habían espetado al borracho: «¡Pedazo de mierda seca!» Esta vez dijeron: «¿Qué estás haciendo?» Por toda respuesta, los besé con mayor intensidad. Entonces se abrieron y la lengua del Campeón me acarició suavemente la boca. Sus brazos me aferraron y me atrajeron hacia él. Me sentí tan frágil como una cerilla. Su boca bajó por mi cuello. Sus manos subieron hasta mis hombros para luego explorar mis senos. Su respiración se agitó y la presión de sus brazos se hizo más intensa. Entonces me agarró por los hombros y me alejó de su cuerpo bruscamente.

—No. Vuelve a casa.

No se atrevía a mirarme. Respiré su silencio. No quería irme. Mis ojos se alzaron hacia su barbilla.

No tomé ninguna decisión. Simplemente, mis labios saltaron para unirse a los suyos. No podía concebir ninguna fuerza capaz de separarnos. Y no entendía por qué lo que estaba pasando era algo prohibido. Yo lo amaba. Y, en cierto modo, él también me amaba a mí, no me cabía duda. Así de sencillo. Su lengua me acarició de nuevo la boca, su garganta soltó un suspiro y sus manos volvieron a separarme de él.

—¡Para!

Esta vez su voz había sido más contundente. Me miró. Vi en sus ojos algo parecido a una súplica. Hice un esfuerzo sobrehumano por separarme de él y salir de la casa.

La noche estaba despejada en la Demo. Sentí que algo me reclamaba lejos de allí. Me entraron ganas de correr de alegría e impaciencia. Estaba pletórica de energía, una energía que podía llevarme a cualquier lugar y a realizar cualquier milagro. Pero era hora de volver a casa. A mi casa. Al lado de mi padre, de mi madre, de mi hermano y de la muerte. Bajé la calle y entré. Mi padre estaba solo en el sofá, sentado en la piel de oso, a oscuras, con la cara iluminada por la luz azul de la tele. Subí a mi cuarto sin hacer ruido.

No tenía ganas de dormir. Me sorprendí deseando que el juego nocturno fuera aquella noche: me sentía capaz de enfrentarme a cualquier cosa.

Cuando me desnudé para meterme en la cama, noté que mi sexo tenía un olor distinto al habitual. Era el olor del placer. Me quedé dormida abrazada al Campeón. Lo deseaba con tanto ardor que podía notar su cuerpo junto al mío. Y él dormía a pocos metros de mí. Completamente solo.

• • •

Mi padre no volvió a hablar de aquella historia del juego nocturno y casi llegué a creer que lo había olvidado. Pese a todo, no bajé la guardia y no había noche que no permaneciese atenta al menor crujido que se produjera en el silencio de la casa.

Delante de mi ventana, el roble seguía proyectando su sombra amenazadora. A veces el viento movía las ramas y la sombra bailaba un vals macabro al pie de mi cama. Contemplaba aquella danza sórdida con el cuerpo en tensión y el cuello palpitando de angustia. Esperaba a que el despertador diera las tres antes de dormirme.

El momento escogido acabó por llegar una noche de finales de agosto. A las 0.12 horas exactamente. Noté movimiento en la habitación de mis padres y no tardé en oír unos pesados pasos en el pasillo. Mi padre abrió la puerta de mi cuarto y gruñó: «Es la hora.» Me vestí a toda prisa bajo la mirada sorprendida de *Dovka*. Unos tejanos, unas buenas zapatillas, una camiseta, una sudadera con capucha y la mochila. *Dovka* quiso venir conmigo, pero le dije que no y volvió a acostarse en la cama. No podía imaginarme lo mucho que iba a echarla de menos aquella noche.

Cuando salí de mi cuarto, mi hermano ya estaba preparado en el vestíbulo. Mi padre me observó atentamente mientras bajaba la escalera, como si estuviera evaluando cada una de las partes de mi cuerpo. Como si estuviera meditando cuál de ellas iba a colgar en la pared de los trofeos sobre un pedestal de madera. Comprendí que no debía seguirlos, que no era buena idea adentrarme con ellos en el bosque. Pero no tenía elección: nadie me había preguntado si quería jugar o no. Salimos de casa en plena noche y subimos al todoterreno de mi padre. Condujo durante una hora hacia el bosque de montones de kilómetros cuadrados en el que, según decían, volvía a haber lobos. Hacia aquella enorme extensión cubierta de árboles que podía engullirnos.

No había ni una nube en el cielo. A medida que nos alejábamos de las luces de la civilización, las estrellas surgían a miles, como espectadoras que estuvieran tomando asiento para asistir a un espectáculo. Yo no sabía cuál era mi papel en la función ni cuál el de los demás, pero algo me decía que no debía subirme al escenario.

La carretera se fue haciendo cada vez más estrecha y se adentró en el bosque, en el corazón de las tinieblas. Los abetos se alzaban como centinelas a nuestro alrededor, como si estuvieran esperándome. Tras circular varios kilómetros por aquella carretera estrecha, el coche se internó por un camino de tierra batida que descendía ligeramente hacia las profundidades de la noche. La débil claridad de la luna se desvanecía entre las copas de los árboles y el suelo quedaba sumido en una oscuridad opaca. Las luces del coche iluminaban los troncos, que surgían de la nada como gigantes dispuestos a embestirnos. Me dije que si algún depredador rondaba por el bosque no tendría dificultad en localizarnos. Con las luces encendidas, éramos un estupendo blanco en movimiento.

Llegamos a un claro en el que nos esperaban otros dos todoterrenos, dos hombres y tres chicos. Cuando bajamos del coche, mi hermano se dirigió hacia los chicos. Supuse que serían compañeros del club de tiro. Era la primera vez desde la muerte del heladero que veía a mi hermano relacionarse amistosamente con alguien. Los trataba incluso con camaradería. Me entró una rabia salvaje. Menudo gilipollas. Una cosa era que ya no quisiera jugar conmigo y otra muy distinta que se divirtiera con otros chicos. Era para darle un puñetazo en los morros. Después de todo lo que yo había hecho por él. Pero entonces recordé que no era él: eran las miasmas que infestaban su cerebro convirtiéndolo en una nube de salpicaduras viscosas y huesos molidos.

Los hombres se dieron apretones de manos y palmaditas en la espalda. También era la primera vez que veía a mi padre entablar relaciones sociales más allá de nuestro círculo familiar. Gilles y él me estaban dejando ver su universo y, en cierto modo, me sentía halagada. Dos de los chicos eran hermanos, tendrían diez y doce años. Estaban flacos pero fibrosos. Enfundados en sus camisetas negras, parecían dos fustas de equitación: delgados, fuertes, entrenados. Sus palabras restallaban al hablar, rotundas y precisas. Nunca vagas, nunca superfluas. El más pequeño me echó una ojeada. Un escaneo rápido. Ya revisaría los detalles más tarde, tranquilamente, en el cuartel general de su memoria. Pero el centro de atención era el hermano mayor, que enseñaba a los demás la escopeta que le habían regalado. Yo no tenía ni idea de armas, pero debía de ser una escopeta excepcional, a juzgar por las exclamaciones de los demás.

El tercer chico era diametralmente opuesto a los otros dos. Si en los hermanos todo sugería rigor y disciplina, él parecía haber crecido de cualquier modo, al antojo de sus caprichos. Era pálido y regordete como si lo hubieran incubado en una botella de Coca-Cola. Hablaba de un modo estridente y le decía a su padre que quería el mismo «pepino». No, no se lo decía: se lo ordenaba. Y el padre se reía nerviosamente y decía que valía un pastón, sabiendo de antemano que había perdido la partida.

El padre de las dos fustas lo miraba con una mezcla de piedad y desprecio. Parecía un adiestrador de perros y me daba la sensación de que en cualquier momento sacaría un silbato de ultrasonidos para comunicarse con sus hijos. Pero el jefe de la banda era mi padre. Resultaba evidente. Seguramente gracias al colmillo de elefante. Sin duda, en el mundo de los cazadores el jefe es quien ha matado al animal más grande. O quien se ha cobrado más piezas. En cualquiera de ambos casos, mi padre ganaba de largo.

Fue él quien preguntó:

—Qué, chavales, ¿lleváis el material?

A lo que todos respondimos:

—¡Sí!

—Esta noche vais a participar en vuestra primera batida. La batida es...

Hablaba como si estuviera recordando una historia de amor.

—Es el momento en que establecéis un lazo con el animal. Un lazo único. Ya veréis que es el animal el que decide. En determinado momento, reconoce que habéis sido más fuertes y se rinde. Se os ofrece. Es entonces cuando tenéis que disparar. Se necesita paciencia. Tenéis que acosar a vuestra presa hasta que decida que

129

prefiere la muerte. Ya entenderéis que lo que os guía no es la vista ni el oído. Es vuestro instinto de cazadores. Vuestra alma entra en comunión con la del animal y sólo tenéis que dejaros llevar hacia él, tranquilamente, sin precipitaros. Si sois auténticos asesinos, no debería costaros lo más mínimo. Esta noche no vais a disparar. Os limitaréis a la batida. Y la presa será...

Se me heló la sangre cuando se volvió hacia mí.

—... ella.

Los cuatro chicos rieron sarcásticamente.

—El objetivo no es hacerle daño..., ¡que es mi hija y algún día tendré que casarla, digo yo, ja, ja, ja! No me la estropeéis. La prueba de la captura será un mechón de pelo. El primero que me traiga uno será el ganador. Pero no os paséis: no hace falta que le arranquéis media pelambrera, con un mechoncito bastará.

Protesté airadamente:

—¡No, papá! ¡No quiero! ¡No quiero hacerlo!

A mi padre se le desencajó la mandíbula y entendí por qué me había mirado de aquel modo al bajar la escalera una hora y media antes. La sangre de la hiena corría por sus venas. Y disfrutaba tanto con mis súplicas que le faltaba poco para chuparse los dedos.

Bajando la voz me dijo:

—Corre, tienes cinco minutos de ventaja.

—Papá, por favor, para.

Las lágrimas acudieron a mis ojos y los sollozos me oprimieron la garganta con sus tentáculos.

Mi padre puso en marcha el cronómetro de su reloj.

—Estás perdiendo tiempo.

Miré a los demás, a las dos fustas con su padre y al gordinflón con el suyo. Esperaban que saliera pitando. Mi mirada se encontró con la de Gilles. Me mostró su sonrisa más cruel y apestosa. Menudo hijo de puta. Me entraron ganas de chillar. De arrancarle sus horribles ojos de mierda, de hundir mis manos en su cabeza para sacar la infección y exterminarla a puñetazos mientras gritaba: «¡Pedazo de mierda seca!», tal como el Campeón había hecho con el borracho. Oí la risa de la hiena. Resonó en todas partes, en mi cráneo, en el bosque, en el cielo negro de aquel verano que en condiciones normales habría sido hermoso, con su temperatura suave y su olor a tormenta.

No lloré. No podía permitírmelo. Nada de llorar. No darle aquello a la hiena. No hacerle semejante regalo, no todavía. Les di la espalda y empecé a correr. Me pareció que lo más lógico era rehacer el camino, volver por la pista de tierra batida hasta la carretera, parar al primer coche que pasara, llegar hasta la población más próxima y pedir ayuda desde allí. Pero a los pocos metros comprendí que harían falta más de cinco minutos para que pasara algún coche por aquella carretera desierta en medio del bosque. Y que al descubierto sería una presa fácil. Así que me adentré en la espesura, negra y frondosa como un mar de alquitrán. Lo primero era desaparecer de su vista. Alejarme lo máximo posible de mis perseguidores. Ya habría tiempo de alcanzar la carretera. Pero ahora tenía que huir. Corrí tan deprisa que no veía ni dónde pisaba. Y cuanto más corría más se confirmaba mi estatus de presa y mayor era el pánico que sentía. Tenía la impresión de estar volando. La alfombra de hojas muertas del otoño anterior crujía bajo mis pies. Avanzaba con los brazos extendidos para protegerme la cara de las ramas invisibles en la oscuridad, que parecían querer arrancarme los ojos. Rezaba para no toparme con una alambrada de espino. No sabía qué dirección tomar, así que seguí recto, siempre de frente, tan deprisa como me lo permitían las piernas. La espesura me parecía infinita y tenía la sensación de que podría seguir corriendo durante días enteros antes de encontrar un atisbo de civilización.

Llegué a una cuesta escarpada de unos diez metros de desnivel. Subirla supondría ralentizar el ritmo, pero una vez en la cima tendría una excelente visión de mis perseguidores y sería un buen escondite a la espera de un momento más propicio para volver a la carretera. De todos modos, tampoco podía seguir corriendo mucho tiempo a semejante velocidad. El pánico me oprimía la garganta y me ardían los pulmones. No tenía ninguna manera de calcular el tiempo que había transcurrido desde que mi padre había puesto en marcha el cronómetro, pero algo me decía que no andaríamos lejos de los cinco minutos. Como queriendo confirmar mis cálculos, un grito desgarró la noche a mis espaldas. La sangre me zumbaba en los oídos y no entendí la palabra exacta. Fue algo parecido a un «¡Yaaaaaa!» y supuse que se trataba del pistoletazo de salida de la caza, como cuando jugábamos al escondite con Gilles en el cementerio de coches. Recorrí los últimos metros que me separaban de la cima y me eché a los pies de un árbol. Su tronco era lo suficientemente grueso como para poder confundirme con él en la penumbra. Intenté recobrar el aliento haciendo el menor ruido posible, pero la garganta me silbaba al respirar. El aire tenía serias dificultades para penetrar en mi tráquea, reducida a un minúsculo agujero, comprimida por el esfuerzo, el terror y los sollozos. Sentía que la desesperación se apoderaba de mí, ríos de lágrimas acudían a mis ojos y amenazaban con convertirme en un ovillo llorón sobre una alfombra de espinas. Pero la rabia se interpuso, cayendo sobre los ríos de lágrimas como un sol incandescente. Mi desesperación se secó, algo se endureció en mi interior y el aire volvió a circular con normalidad por mi tráquea.

Agucé el oído intentando calcular la posición de mis perseguidores, pero sólo oí los ruidos del bosque. Un búho cantaba a pocos metros de mí. O quizá fuera una lechuza. El viento silbaba entre las ramas. Un silencio a la vez tranquilizador e inquietante envolvía la noche. Evalué la situación. Si me quedaba allí escondida, sin moverme, no podrían encontrarme. Las tinieblas, por aterradoras que fueran, eran mis mejores aliadas. No podían oírme ni verme, a no ser que estuvieran a dos metros del árbol a cuyo pie me había acurrucado. Pero una evidencia me asaltó entonces con la delicada contundencia de un semirremolque: a partir del momento en que había dejado el camino de tierra batida, había corrido en línea recta. A los chicos les bastaría con seguir la dirección que había tomado al adentrarme en el bosque para llegar hasta mí en la cima del promontorio.

¡Menuda idiota! ¿Cómo no se me había ocurrido correr en zigzag? ¡Tanto dominio de la física cuántica para no ser capaz de actuar con un poco de astucia frente a una pandilla de cazadores prepúberes! Tenía que conservar mi ventaja y seguir avanzando furtivamente, confiando en que mis pasos acabarían sacándome del bosque. Me levanté, dando la espalda a la pendiente. El primer paso que di rasgó el silencio. Las agujas de los pinos y las ramas secas produjeron un crujido de lo más siniestro. Me imaginé a todos los depredadores de la zona aguzando el oído y husmeando en mi dirección. Y ya que había roto el silencio, salí echando leches, dispuesta a mantener mi ventaja. Que al menos no me pillara el gordinflón.

Regulé el ritmo de mis zancadas. Intentaba no pensar que estaba perdida en el bosque en plena noche y me perseguía una jauría de chiflados imprevisibles que quería cortarme el pelo. Intentaba no fijarme en las sombras amenazadoras de los árboles, que parecían cobrar vida a cada instante para arrancarme la piel a zarpazos.

Estuve corriendo un buen rato. Tanto que empezaron a dolerme las piernas y me entró sed. Divisé el tronco de un árbol muerto y me refugié en él, rodeada de una oscuridad absoluta. Me quité la mochila y me la puse sobre las rodillas. Abrí la cremallera procurando no hacer ruido. Metí la mano y busqué a tientas la cantimplora. Se me heló la sangre: aparte de la cantimplora y de las barritas de cereales, la mochila estaba vacía. Alguien había sacado el chubasquero, los prismáticos y la navaja plegable. Durante todas aquellas noches de insomnio, no se me había pasado por la cabeza comprobar su contenido. Estaba en mi cuarto, a los pies de la cama, no había ningún motivo para que...

Mi padre.

Me lo imaginé entrando en mi habitación para quitarme aquellos tres objetos y la imagen me aterrorizó, pues confirmaba que desde el principio había pensado en hacer de mí una presa y que, sin ningún género de dudas, había disfrutado durante semanas imaginando el momento. Di varios tragos de agua intentando ahogar los sollozos que de nuevo trataban de abrirse paso hacia mi garganta. La rabia claudicó y los ríos ardientes rodaron por mis mejillas.

Me quedé allí varios minutos, llorando en silencio, protegida por el tronco del árbol muerto. Estaba pensando en guardar la cantimplora y seguir corriendo cuando un ruido me hizo dar un respingo. Un CLAC seco. Había sonado muy cerca, a pocos metros de donde me encontraba: un golpe contra algo duro.

Pegado al árbol, mi cuerpo se contrajo como una ostra bajo un chorro de vinagre. Contuve la respiración. Alguien se había detenido al otro lado del tronco. No podía verlo, pero notaba su presencia. Recordé las palabras de mi padre: «Vuestra alma entra en comunión con la del animal y sólo tenéis que dejaros llevar hacia él, tranquilamente, sin precipitaros.»

Mi alma estaba en comunión con otra, con la de un asesino. Me había encontrado: la hiena me había encontrado. Se me había olvidado que era imposible librarse de ella. Estaba en todo, en todas partes, en la piel del mundo. Había decidido venir a olfatearme con su monstruoso hocico. Allí, en el bosque, lejos de la tribu humana. Lejos de la Espiga y del Campeón. Lejos del profesor Pavlović.

Cerré los ojos esperando a que me descubrieran. Era cuestión de segundos. Y quizá tampoco estuviera tan mal. El juego habría llegado a su fin a cambio de un mechón de pelo. Lo único que quería era que todo terminara. Volver a casa y meterme en la cama con *Dovka* a mi lado.

Pero quien estuviera al otro lado del tronco no tenía ganas de interrumpir el juego. El terror fluía de mi alma a la suya, y se deleitaba con ello. Estaba segura de que no era ninguno de los tres chicos o sus padres. Era mi hermano, o mi padre, o quizá otra cosa... Y no tenía claro cuál de las tres opciones me aterraba más. Oí una respiración ronca. ¿O era el viento que hacía rechinar las copas de los robles? La cosa se acercó, se apoyó en el tronco y olfateó mi miedo de cerca. Sin abrir los ojos, noté su aliento en mi pelo. Me imaginé una cabeza deforme, henchida de odio, unos colmillos negros y erizados asomando en una boca de reptil, una mirada fosforescente. La cosa reflexionó. Los efluvios de su alma corrompida alcanzaron la superficie de su conciencia en grandes borbotones pestilentes. Entonces se enderezó y se alejó, satisfecha. Necesité varios minutos para poder pensar de nuevo racionalmente. Tenía que salir cuanto antes del bosque.

Agucé el oído. El silencio había caído sobre la noche como un telón de terciopelo oscuro. Estaba sola, y la idea me tranquilizaba al tiempo que me horrorizaba. Mi cuerpo se relajó y decidí abandonar mi escondite. Fue entonces cuando noté el dolor. Me había apretado tan fuerte contra el tronco del árbol que el garrón de una rama se me había clavado en la espalda. Mi cerebro, paralizado por el terror, no lo había detectado.

Deslicé la mano por debajo de la camiseta. Y al inspeccionarla a la luz de la luna, vi que tenía los dedos rojos. No parecía grave, un simple arañazo, pero la visión de la sangre hizo que las lágrimas acudieran otra vez a mis ojos. Intenté calcular el tiempo que quedaba antes del amanecer. A la luz del día todo sería más soportable. Además, suponía que aquel estúpido juego llegaría a su fin cuando saliera el sol. Ni siquiera sabía si habían fijado un plazo para encontrarme. La batida había empezado hacia la una y media. Y en aquella época del año amanecía alrededor de las seis. Lo que no sabía era cuánto tiempo había pasado desde que había empezado a correr por el bosque. ¿Treinta minutos? ¿Una hora? No más. Así que me quedaban más de tres horas de tinieblas por delante. Ni hablar de pasarlas allí. Tenía que salir de mi escondite y ponerme en marcha. Si corría siempre en la misma dirección, no podía tardar en salir del bosque. La idea me reconfortó un poco. Mis pulsaciones recuperaron su ritmo normal. Incluso llegué a preguntarme si mi imaginación no me habría jugado una mala pasada y no habría estado fantaseando con aquel depredador. Al fin y al cabo, lo único que había oído había sido un CLAC, un ruido sorprendente, en efecto, pero causado quizá por una rama podrida que había cedido y se había estampado contra el suelo. De hecho, ¿realmente había oído el CLAC?

Estaba haciéndome estas preguntas mientras me ajustaba las correas de la mochila para ponerme de nuevo en marcha cuando el terror volvió a golpearme y solté un grito. Me quedé petrificada, sin poder despegar los pies del suelo. A pocos metros de mí, medio iluminada por un rayo de luna, se recortaba contra el tronco de un gran pino una silueta completamente inmóvil. Me quedé quieta unos segundos con los ojos clavados en la figura que tenía enfrente. No podía verle la cara, oculta bajo una capucha. Un graznido atravesó el cielo. Creo que me aterrorizaba más la inmovilidad de la silueta que su presencia, como si me dijera que huir no iba a servirme de nada, que me atraparía por mucho que intentara escapar. Continué mirándola fijamente a la espera de que tomara una decisión. Una ráfaga de viento despertó mi curiosidad e hizo que la silueta se moviese como una criatura fantasmagórica. Me acerqué un poco más. No era una persona: era un chubasquero de color caqui. Mi chubasquero, colgado de la corteza del árbol junto a mi navaja plegable. Ahogué un segundo grito. Quien hubiera hecho aquello no podía andar muy lejos. Incluso era probable que estuviera observándome camuflado en la penumbra. Notaba su mirada en la nuca como un puñado de gusanos bulliciosos luchando por traspasar mi piel.

Sin previo aviso, mis piernas se pusieron a correr de nuevo. No sabía adónde iba, pero pisaba el suelo con determinación. Tenía que escapar de allí. Atravesar el planeta a la carrera, saltar a otro mundo, si era necesario. Yo no era ninguna presa, joder. Ni lo sería nunca. Sin embargo, corriendo por el bosque como una enajenada y con las tripas contraídas de pánico me comportaba como si lo fuera.

Corría tan deprisa que no me daba cuenta de cómo el terreno cambiaba bajo mis pies: piedras puntiagudas empezaban a sobresalir de la alfombra de espinas. Tropecé una primera vez. Algo en mi interior, probablemente la cordura, me decía que ralentizara, pero el miedo se había apoderado de mí y anulaba cualquier pensamiento racional.

Mi pie derecho tropezó con una piedra enorme y salí volando. Tuve tiempo de entender que el vuelo era muy alto, que la velocidad era excesiva y que nada podría hacer para evitar el trompazo.

Caí al suelo cuan larga era. Mi cuerpo impactó contra una roca. Sentí un «crac» en el pecho. Con lucidez de espectadora, me dije: «¡Oh, una costilla!» Me protegí la cara con la mano derecha, que resbaló sobre una piedra afilada. La palma fue más valiente que yo y no gritó al notar el corte. Me quedé en el suelo unos segundos, incapaz de moverme, con la piedra en la mano y la roca en la costilla. El pecho se me retorcía de dolor y el dolor se propagaba hasta los dedos de mis pies. Nunca había sentido un dolor tan grande.

Fue entonces cuando algo me surgió de dentro. No de las tripas, sino de un lugar más profundo todavía. Más allá de todo. Una criatura más grande que yo. No era la bestia que el Campeón alimentaba, cálida y mullida. Era una bestia repugnante. Su cara abyecta vomitaba otras criaturas, sus propios hijos. Quería comerse a mi padre y a todos los que me hacían daño. Y me impedía llorar. Soltó un largo rugido que desgarró las tinieblas. Se había acabado: ya no era una presa, tampoco un depredador. Yo era yo, y era indestructible.

Me levanté con los ojos secos. La costilla rota me hacía aullar de dolor y me costaba respirar. El tajo de la mano era profundo y la sangre no dejaba de manar en un hilo continuo. Normalmente, cuando me hacía un corte, mi primer reflejo era chupar la herida, pero esta vez había demasiada sangre. Me quité la sudadera y luego la camiseta para hacerme una compresa. Cada movimiento se convertía en una puñalada en el tórax. Volví a ponerme la sudadera, me colgué la mochila a la espalda y me enrollé la camiseta alrededor de la mano.

Por un momento pensé en volver al árbol a recuperar la navaja, pero luego me dije que mi reserva de rabia era tan grande, la criatura había vomitado tantos retoños, que si alguien me atacaba sería capaz de matarlo con mis propias manos. Cuando me puse de nuevo en marcha, deseaba con todas mis fuerzas, desde las profundidades más sórdidas de mi alma, que alguien surgiese de entre las sombras para cortarme un mechón de pelo. Se iba a enterar. Le iba a reventar su puñetero hocico.

Caminé en semejante estado durante un tiempo que no sabría calcular. Y cuanto más andaba, más intenso era el dolor. Apenas notaba el de la mano, camuflado por el de la costilla que me oprimía el pecho y me impedía respirar. Según lo aprendido en clase, las endorfinas debían de estar disminuyendo en mi organismo, lo que agudizaba la sensación de dolor.

Mi rabia había disminuido, pero ya no tenía miedo. Seguía sintiéndome indestructible.

Al cabo de un rato me detuve a beber un poco de agua y me obligué a comer una barrita de cereales. Había perdido mucha sangre. No tanta como para poner en riesgo mi vida, pero sí la suficiente como para provocarme una pequeña anemia. La sola idea de perder el conocimiento en medio del bosque me resultaba insoportable.

Estaba guardándome en el bolsillo del pantalón el envoltorio de la barrita cuando algo me llamó la atención a lo lejos, más abajo, a mi izquierda. Algo como un destello móvil. Unos faros: los faros de un coche. Y parecían acercarse hacia donde yo estaba. Reanudé la marcha caminando tan deprisa como me lo permitía la costilla con la esperanza de llegar a la carretera antes de que el coche pasara de largo. No parecía ir muy deprisa, tenía que conseguirlo. Apreté el paso avanzando entre los helechos. El terreno descendía en una cuesta pronunciada que se sumergía en las tinieblas. Mi abdomen aullaba de dolor, pero la idea de salir del bosque era más poderosa. Pasé por un zarzal y me rasguñé las pantorrillas.

El coche seguía acercándose como si viniera directamente hacia mí. Llegué al final de la pendiente. No veía dónde pisaba, pero el terreno estaba cubierto de matorrales espinosos. Tropecé con uno de ellos y caí al suelo parando el golpe con las manos. Noté el mordisco de una ortiga, pero comparado con lo que estaba sufriendo me pareció la caricia de un gatito. Me levanté y recorrí los pocos metros que me separaban de la carretera.

Allí donde esperaba notar el macadán bajo los pies, no encontré más que tierra batida. No era la carretera, sino un camino como el que habíamos tomado unas horas antes. (¿Cuántas? ¿Una, dos, cuatro horas? No tenía ni la más mínima idea.) Pero los faros eran reales y venían hacia mí. Estaba en medio del haz de luz, el conductor tenía que verme. En efecto, el coche redujo la velocidad y acabó deteniéndose a escasos metros de donde yo estaba. Se mantuvo inmóvil unos diez segundos, como si me observara. Deslumbrada por los faros, no podía ver el coche ni a sus ocupantes, pero aquellos segundos de espera no auguraban nada bueno. Por fin se apagó el motor y las puertas del conductor y el acompañante se abrieron a la vez. Salieron dos personas. No me atreví a acercarme. Las dos siluetas avanzaron hacia mí, recortándose a la luz de los faros.

El gordinflón y su padre.

El chico debía de estar agotado por la caminata a través del bosque. O aterrorizado. Y había preferido continuar la batida a bordo del todoterreno.

No quise huir. No quise porque me moría de dolor, porque no tenía miedo y porque la espantosa criatura que crecía en mi interior quería romperle los morros a alguien. El gordinflón me sacaba una cabeza y unos veinte kilos de peso, pero lo único que sentí en aquel momento fue impaciencia, impaciencia por notar su cara en mis nudillos.

Lo esperé, inmóvil.

Se acercó con paso vacilante y soltó un «¡Te hemos encontrado, has perdido!» enarbolando las tijeras. Pero un rastro de inquietud en su voz lo delataba. Siguió avanzando hacia mí con prudencia, como si le hubiesen ordenado que acariciara a un animal salvaje. Cegada por la luz de los faros, no distinguía más que un bulto negro, pero podía intuir su frente cubierta de sudor y sus mofletes temblorosos.

Cuando estuvo a unos pocos centímetros, levantó la mano hacia mi cabeza. Esperé a que me tocara, saboreando el momento. Con las yemas de los dedos palpó un mechón de pelo rubio. Y entonces surgió la bestia, como una bala que sale del cañón de una escopeta, accionada por el percutor. El puñetazo en el pómulo fue tan fuerte que el gordinflón cayó al suelo. Me abalancé sobre él y la fiera soltó un rugido desde lo más profundo de mis entrañas, jaleada por un ejército de vikingos sedientos de sangre. Le aticé con tanta fuerza que creí que le iba a hundir el cráneo a puñetazos. Y aunque lo golpeaba con la mano herida no sentía ningún dolor.

El chaval gritó:

—¡Papáááááá!

Aún pude darle unos cuantos mamporros más antes de que una mano me cogiera por el pelo. Me propulsé con las piernas hacia atrás y mordí lo primero que encontré. Un brazo. Apreté tan fuerte las mandíbulas que noté cómo la carne cedía entre mis dientes. Con la otra mano, el padre me agarró del cuello y lo apretó. No me quedó más remedio que soltarle el brazo.

Me aplastó contra el suelo y aullé de dolor por culpa de la costilla. Aunque tenía la cabeza inmovilizada, mi cuerpo se retorcía y soltaba patadas en todas direcciones.

El padre le gritó al hijo: «¡Ayúdame, maldita sea!» El chaval se levantó y se puso a horcajadas encima de mí. Una de sus rodillas se me clavó en la costilla rota. El sufrimiento era tan grande que me impedía respirar.

—Sujétala por las muñecas.

Se pusieron los dos manos a la obra, aplicándose con saña aunque ya no era necesario. Había dejado de moverme, asfixiada por el dolor. Me habían vencido. Oí el ruido de las tijeras al cortarme el pelo. El padre y el hijo me soltaron y corrieron a refugiarse en el coche, dejándome allí sola, tirada en medio del camino. Retumbó entonces un cuerno de niebla. Debía de ser la señal para indicar que la partida había terminado.

El chaval volvió a bajar del coche y el padre se alejó para que los demás creyeran que su hijo había logrado la hazaña él solito, sin ayuda de ninguna persona mayor. La oscuridad nos envolvió de nuevo. Me quedé en el suelo, maldiciendo y renegando de mi criatura por no haber sido lo suficientemente fuerte para protegerme. El gordinflón se puso a sollozar. Debían de dolerle mis puñetazos. Nos quedamos allí un buen rato, él sentado al borde del camino, gimoteando a escasos metros de mí, y yo tirada en la tierra batida, digiriendo mi derrota.

Cuando oí que llegaban los otros, me levanté. No quería dar la imagen de un animal vencido. El chaval se secó las lágrimas de un manotazo y blandió el mechón de pelo en señal de victoria. Las dos fustas fueron las primeras en llegar y no pudieron ocultar su desazón. A juzgar por la mirada que les echó su padre, a aquellos dos iban a caerles unas cuantas clases de adiestramiento suplementarias.

Gilles llegó poco después. Se fijó en la camiseta roja de sangre que envolvía mi mano. Por primera vez en mucho tiempo no vi al parásito asomarse a la cuenca de sus ojos. Todo lo contrario. Vi en ellos un gesto de desaprobación, como si el juego hubiese ido demasiado lejos. Miró al gordinflón y apretó los puños. La aldea de irreductibles galos lanzaba un grito de rebeldía más allá de los terrenos baldíos y los pantanos. No estaban todos muertos, afortunadamente. El alba empezaba a teñir el cielo negro de un azul violáceo. La mirada de mi hermano me hizo entender que tenía que seguir luchando. De no haber sido por él, tal vez aquella noche habría devorado definitivamente mi voluntad.

No sabía qué actitud adoptar ante mi padre. Por un lado, quería que entendiera que yo no era una presa, que no era como mi madre, que no estaba vacía, que en mi interior habitaba una fiera a la que era mejor no acercarse. Pero por otro lado me decía que, si no había sido capaz de vencer a un gordinflón lleno de granos y a un hombre con menos carácter que un queso de cabeza de cerdo, aún no estaba preparada para enfrentarme a mi padre, y que hasta que no lo estuviera más me valía mantener un perfil bajo. Así que bajé los ojos y adopté la actitud de una niña asustada.

El padre del gordinflón se había puesto una camisa encima de la camiseta para ocultar mi mordedura, que debía de sangrar, a juzgar por el sabor metálico que me había dejado en la boca.

Mi padre señaló con el mentón mi mano ensangrentada.

—¿Te has hecho daño?

—He tropezado y he caído sobre una piedra.

—¡Ja, ja, ja! ¿No os lo decía? ¡Si es que no se puede dejar a una mujer corriendo sola por el bosque!

Todos le rieron la gracia. Todos menos Gilles y yo.

La vuelta transcurrió como la ida, en silencio.

Cuando llegamos a casa, mi madre ya estaba levantada. Nos esperaba en el vestíbulo. Al entrar, vi su mirada. Debía de tener una pinta espantosa, con la ropa sucia, la cara llena de rasguños y la mano ensangrentada. Mi madre palideció y abrió la boca para decir algo, pero entonces sus ojos se encontraron con los de mi padre y la volvió a cerrar.

—Ayúdala a curarse, que no se le ha ocurrido nada mejor que hacerse daño.

Algo me decía que tras aquella frase había un embrión de culpabilidad. A lo mejor simplemente necesitaba tranquilizarme, pero estaba convencida de que mi padre no era el monstruo que había venido a husmear mi miedo a los pies del árbol.

Mi madre me llevó al lavabo. Acostumbrada a curar a los animales, sabía lo que se hacía. Primero me desinfectó la mano y luego me ayudó a quitarme la sudadera. Al ver la herida que tenía a la altura de la costilla, se le humedecieron los ojos y se llevó una mano a la boca. Conocía aquel dolor. Las lágrimas empezaron a rodar por sus mejillas. Me dio un comprimido y un vaso de agua.

«Esto te calmará un poco», me dijo. Tenía la voz quebrada.

Me ayudó a ponerme el pijama y me acompañó a la cama. Corrió las cortinas, se sentó a mi lado y esperó a que me durmiera. Me acarició la rodilla con una mano helada y, en la oscuridad, oí que decía estas palabras: «Gana dinero y vete.»

Era la primera vez que me daba un consejo y supuse que era la primera vez que le daba un consejo a alguien.

—Mamá, ¿por qué has desperdiciado tu vida?

La frase me salió así, sin darme tiempo a reflexionar ni a callarme. Me sorprendió tanto que llegué a preguntarme si la había pronunciado de verdad. O si la había dicho otra persona. No había maldad alguna en mi pregunta. Era una pregunta sincera. Mi madre había desperdiciado su vida. No sabía si existían las vidas exitosas, ni siquiera sabía qué significaba algo así, pero sabía que una vida sin risas, sin alternativas y sin amor era una vida malgastada. Me quedé esperando una historia, una explicación.

La cara de mi madre se descompuso. Pero no de pena. En lo más profundo de su ser se había producido un movimiento de placas tectónicas. Algo se había entreabierto en su paisaje lunar interior. Algo que iba a modificar su química más íntima. Algo que tal vez permitiría que brotara la vida. Repitió: «Gana dinero y vete.» Y se quedó allí sentada, al borde de la cama.

Acomodé la cabeza en la almohada buscando la posición menos dolorosa para dormir. Comprendí que no habría tregua. Que pasarían semanas antes de que el dolor desapareciera. Y que, cuando hubiera desaparecido, el miedo persistiría. Que nunca estaría a salvo. Pero en lo más hondo de mis entrañas albergaba aquello que crecía y que, cuando la situación lo requería, era capaz de borrar todos mis temores y transformarme en una depredadora.

Mi cuerpo se fue apaciguando. La medicina funcionaba. *Dovka* se acurrucó entre mis brazos. Mi madre lloraba discretamente. Escuché sus sollozos durante un rato antes de sumergirme en un sueño profundo.

A la mañana siguiente tenía clase con el profesor Pavlović. Habría preferido estar muerta que faltar, pero
cada vez que respiraba sentía como si una espada im-
pregnada en salsa picante me atravesara el cuerpo.
Crucé la Demo con *Dovka*. Intentaba pisar el
asfalto lo más delicadamente posible para disminuir
el impacto, que me hacía ver las estrellas. El corte de
la mano palpitaba: eran los anticuerpos que luchaban
contra la infección. Cruzaba los dedos para que ga-
nasen el combate. Sabía que si tenían que llevarme al
hospital la historia tomaría un cariz que no iba a gus-
tar nada a mi padre. Hacía buen tiempo. Las cotorras
cantaban: bendita indiferencia la de los pájaros.

El profesor Pavlović me abrió la puerta. Se quedó
unos instantes en la escalinata, en silencio, evaluando las heridas de mi cara y mi mano envuelta en una
venda que durante la noche se había manchado de
rojo oscuro. Luego hizo algo muy curioso. Sin mover-

se, me abrazó. Con aquellos ojos cobijados bajo sus frondosas cejas.

La máscara blanca se asomó por encima de su hombro. Yaëlle era muda, pero no estaba sorda, y el silencio de su marido indicaba que algo anormal ocurría. *Dovka* se puso a ladrar. Los dos agujeros negros de la máscara me escrutaron, tal como había hecho el profesor Pavlović. Si la máscara de Yaëlle no me hubiera dado tanto miedo, creo que me habría echado a reír. Estaban muy graciosos los dos, como una pareja de búhos. Pero, tras la boca de escayola pintada de rojo, la verdadera boca de Yaëlle, que yo no había visto nunca y que no estaba segura de querer ver, emitió un lamento que me heló la sangre. Un aullido largo y siniestro, ni humano ni animal. Como si vomitara una pena en bruto. Un dolor insondable que parecía volver a manar tras años de silencio.

Yaëlle aulló de tal modo que temí por sus cuerdas vocales. Creo que, desde la explosión del sifón del vendedor de helados, era el ruido más espeluznante que se oía en todo el barrio. El profesor Pavlović se volvió y la agarró de los hombros.

—¡Yaëlle!

Pero el grito no tenía visos de detenerse. El profesor la acompañó a la sala de estar y la ayudó a sentarse en el sofá. La máscara seguía chillando, cada vez más fuerte. Al dolor se le unía la furia. Aquel aullido me dolió, más aún que la costilla. El profesor Pavlović intentaba calmarla.

—Respira profundamente, Yaëlle.

Le tomó la mano vieja con su propia mano vieja y se la acarició como si fuera un conejito petrificado. El grito era tan intenso que por un momento creí que la máscara iba a cobrar vida, pero se quedó inmóvil, con su sonrisa, sus lentejuelas y sus plumas.

—No pasa nada, Yaëlle. Tranquilízate.

Resultaba desconcertante ver al profesor intentando reconfortar a alguien. Conmigo siempre se mostraba un poco torpe. Inaccesible, diría. Apenas expresaba ninguna emoción. Con el tiempo entendí que era una forma de timidez: que era un incompetente social. Las relaciones humanas requerían una parte de irracionalidad, y el profesor Pavlović no entendía la irracionalidad. Pero con Yaëlle era otra cosa: era su mujer.

Como la intensidad del grito no disminuía, el profesor abrió un cajón y extrajo una jeringuilla y un frasco. Luego cogió con delicadeza el brazo de su mujer, salpicado de manchas rojizas como la herrumbre, unas manchas que siempre me habían intrigado y que me recordaban las manos del viejo heladero. Con la edad, yo también acabaría oxidándome como una vieja alambrada.

El profesor apretó el émbolo y el grito remitió. La máscara volvió a quedarse en silencio. La cabeza de Yaëlle se hundió en un cojín, abducida por el sueño.

—Espérame en el comedor.

Sin duda iba a quitarle la máscara.

Camino del comedor, oí la radio que el profesor acababa de encender en la sala de estar. Una emisora de música clásica. Me senté a la mesa y el profesor no tardó en aparecer. Tenía el ceño tan fruncido que sus enormes cejas negras parecían una sola. Como si una gran barra le sujetara la frente. Como si tuviera un Kit Kat sobre los ojos. Reprimí una risa nerviosa. El profesor Pavlović se sentó frente a mí. Se acarició la perilla y empezó a jugar con la perlita haciéndola rodar entre los dedos. Posó su mirada en la silla que había a mi derecha como si tuviera intención de hablarle a ella. Dichosa timidez.

—Yaëlle no siempre ha sido así.

Comprendí que aquel día no hablaríamos de física.

—Nos conocimos en Tel Aviv, en la universidad. Ella estudiaba medicina y yo física. Cuando se sacó el título, empezó a trabajar en un hospital. Trató a muchas mujeres que tenían problemas con sus maridos. Problemas de violencia. Física y psicológica. Llegaban llenas de cardenales, con los labios partidos, destrozadas. Y cuando se recuperaban un poco, al menos corporalmente, regresaban a sus casas y todo volvía a empezar. Yaëlle no podía creerlo, así que habló con el director del hospital, un buen tipo. El director la apoyó y, entre los dos, crearon una casa de acogida para mujeres maltratadas. Yaëlle ayudó a muchas mujeres, ¿sabes? Y se involucró en la causa feminista. Una verdadera militante. Yo, mientras tanto, pasaba la mayor parte del tiempo en la facultad. Había empezado a dar clases y seguía con mis investigaciones.

»Entonces apareció Lyuba. Se había escapado de casa con su hijo, un bebé que no tendría más de seis meses. Y su marido era... —El profesor me miró directamente a los ojos—. Era el tipo de hombre al que más valía no cabrear. Puso patas arriba toda la ciudad para encontrar a su mujer y a su hijo. Tenían que irse lejos y a toda prisa. Yaëlle los ayudó a encontrar a unos familiares que vivían en Rusia y a hacer el viaje. Se salvaron por los pelos. Pero el tipo estaba furioso. Hizo sus averiguaciones. Metódicamente. Y llegó hasta Yaëlle. —El rostro del profesor Pavlović estaba tan tenso que por un momento creí que iba a resquebrajarse como una rama seca—. Una noche, Yaëlle salió de la casa de acogida y el tipo la estaba esperando con varios colegas. Y yo no estaba allí para protegerla. Lo que le hicieron aquella noche fue... El informe médico decía que... —La rama seca se resquebrajó. Tras la corteza vi a una mujer que aullaba. Vi un rostro que suplicaba lo que no tiene nombre, antes de desaparecer. Vi las alas negras y los ojos rojos—. Se lo tomaron con calma. Duró horas, toda la noche. Yaëlle aún recuerda sus risas, sus carcajadas. Sobre todo cuando le echaron el ácido en la cara. —Entre los dedos del profesor, la perlita seguía girando—. La dejaron tirada a la puerta del hospital: querían que sobreviviera para que el suplicio durara mucho más que una noche. Y lo consiguieron: Yaëlle sobrevivió. Primero estuvo en coma. Pasé noches interminables a su lado, diciéndome que si la quería de verdad tenía que desenchufar el aparato de respiración. Porque no se puede vivir sin cara. Sin nariz, sin boca. Sin hablar, sin saborear. Estuve a punto de hacerlo cien veces. Pero no pude.

»Los médicos consiguieron salvarle el ojo derecho. El izquierdo se había fundido, literalmente. Cuando salió del coma, pidió papel y bolígrafo, y escribió: "Lyuba y el pequeño están bien." Y te juro que, incluso sin boca, Yaëlle sonrió. Entonces entendí que había ganado.

El profesor Pavlović se levantó y se dirigió a la cocina mientras yo me quedaba allí sentada, escuchando el extraño silencio que se había hecho tras el final de la historia. Sólo me llegaba el sonido de la radio desde la sala de estar. Me imaginé a Yaëlle dormida, sin nariz y sin boca, con un ojo fundido.

El profesor volvió con una tetera humeante. Se sentó, sirvió dos tazas y me dio una a mí.

—No sé lo que te ha pasado y no voy a preguntártelo. Pero si hay alguien que deba desaparecer, que sepas que la fauna acuática del puerto de Tel Aviv se dio un buen atracón con el marido de Lyuba.

Entendí por su silencio que se trataba de una pregunta.

Negué con la cabeza.

—¿No quieres que meta las narices en tus asuntos?

Volví a negar con la cabeza.

—Está bien. Entonces a currar.

Mi madre me curó lo mejor que pudo, y tenía bastante maña. La mano no se me infectó. Me ponía cataplasmas de arcilla verde varias veces al día. El contacto con la arcilla me calmaba. El contacto con mi madre también. Por primera vez la veía como una aliada y creo que el sentimiento era recíproco. En cuanto a la costilla, no había nada que hacer más que aliviar el dolor mientras el hueso volvía a soldarse. Tomaba los analgésicos que me daba mi madre. Creo que se sentía bien cuidando de mí. De hecho, estoy convencida de ello. Quizá sufría al sentirse inútil la mayor parte del tiempo y necesitaba sentirse necesaria, lo cual explicaría su pasión por las cabras, las plantas y la cotorra: eran seres que dependían de ella.

Decidí pedirle ayuda más a menudo. Pedirle ayuda a secas, en realidad, pues nunca antes lo había hecho. Pequeñas cosas: que me ayudara a arreglar una cremallera o a programar el radiodespertador. De hecho, me di cuenta de que compartíamos un interés común por la ciencia. Ella, con sus animales y su jardín, se decantaba más por la biología, pero había adquirido un conjunto de conocimientos empíricos bastante impresionante, y yo me daba cuenta de la sorpresa que a ella misma le producía el placer de compartirlos conmigo.

El verano se acabó con aquella sensación confusa, a medio camino entre la fascinación que me provocaban los lazos que iba tejiendo con la mujer a quien llamaba «mamá» y el terror exponencial que me infundía el hombre a quien llamaba «papá».

En cuanto empezó el verano siguiente, entendí que mi vida iba a cambiar, a cambiar radicalmente. Una multinacional estadounidense había comprado el parque de atracciones donde trabajaba mi padre. Se había producido una reestructuración y lo habían despedido. «Tras doce años de buenos y leales servicios», como él decía. El día en que se lo comunicaron, descargó toda su rabia contra mi madre. Y los días siguientes también. Y las semanas. Sus ataques de ira se volvieron cotidianos. Mi madre tenía continuamente marcas en la cara. Cuando un hematoma desaparecía, venían a sustituirlo una ceja o un labio partidos, como en una macabra carrera de relevos. El pómulo gritaba: «¡Aquí estoy! ¡Me toca!» ¡Y pum! Se volvía rojo, luego azul, luego negro, luego amarillo. A veces me parecía ver ligeros tonos verdosos. Después le tocaba el turno a un labio, luego a un ojo. La cara de mi madre no se deshinchaba nunca.

Había adquirido la costumbre de hacer la compra a domicilio para evitar las miradas suspicaces de los tenderos. Un día una cajera con buenas intenciones había avisado a la policía. Mi madre se negó a poner una denuncia y la cosa no pasó a mayores, pero la furia de mi padre se multiplicó.

Yo mantenía un perfil bajo. Intentaba pasar desapercibida, remar a favor de la corriente y escapar a su radar, pero sentía que me observaba. Su alma se conectaba a la mía para sondearla. En momentos así, ponía la mente en blanco y fingía no tener interés por nada. Lo único que podía delatarme era mi expediente escolar, así que procuraba no sacar notas demasiado brillantes y mantenerme en una media aceptable. Si hubiera querido, habría podido saltarme otro curso sin problemas, pero habría llamado la atención de mi padre. De todos modos, me traía sin cuidado: mi aprendizaje dependía del profesor Pavlović.

También procuraba esconder mi cuerpo todo lo que podía. Era bonito y lo sabía. Tenía las proporciones adecuadas, unas piernas largas y finas, una cintura de avispa, unos hombros bien formados. Me ponía ropa ancha, jerséis enormes y pantalones bombachos para disimularlo. Excepto cuando iba a cuidar a Takeshi y Yumi. Adoraba que el Campeón me acariciase la piel con su mirada. Salía de casa con un jersey largo y holgado y en cuanto doblaba la esquina me lo quitaba, dejando al descubierto un vestidito de flores, el único que había en mi armario. Me gustaba llevar las piernas desnudas para notar el calor de su mano cuando cambiaba las marchas a escasos centímetros de mi epidermis.

Después de la noche en que nos habíamos besado, el Campeón actuaba como si nada hubiera ocurrido. Yo había seguido cuidando de Takeshi y de Yumi y la Espiga había seguido sonriéndome. Él no le había contado nada. Yo seguía notando sus ojos sobre mi cuerpo, ni más ni menos que antes. Eso sí, evitaba mi mirada y se despedía rápidamente en cuanto me dejaba en casa. Me daba la impresión de que me tenía miedo. Me gustaba mi cuerpo, pero no de un modo narcisista: si hubiera sido feo, me habría gustado igual. Lo quería como a un compañero de viaje que no te traiciona nunca. Un compañero al que debía proteger. Me gustaba descubrir sus nuevas sensaciones. Y los placeres posibles. Procuraba acordarme de los momentos agradables y olvidarme del dolor. El recuerdo de la costilla rota era ya tan ligero como una flor de algodón. En cambio, el beso del Campeón seguía tan vivo como si hubiese ocurrido la noche anterior. Recordaba cada detalle de los breves instantes que había pasado entre sus brazos. El olor a cerveza, la fuerza de sus músculos, la suavidad de su lengua en mis labios. Invocaba aquellas sensaciones, mi cuerpo obedecía y yo sentía por él una gratitud inmensa.

Desde que no tenía trabajo, mi padre había cambiado. Ahora era más peligroso, pero también más frágil que antes. Por primera vez, veía al niño extraviado que llevaba dentro. Algunas noches, cuando había bebido mucho, ni siquiera se escondía para llorar mientras escuchaba a Claude François. Repantingado en el sofá, sollozaba sobre la piel de oso como si esperase que la bestia muerta se pusiera a consolarlo.

Tiempo atrás se había peleado con su madre y no tenían ninguna relación. Yo ni siquiera sabía si estaba viva.

Por parte de mi madre, sólo quedaba mi abuela, enferma y vieja. Íbamos a visitarla una vez al año a una residencia de ancianos que olía a aburrimiento, a renuncia y a mantequilla rancia.

Cuando veía llorar a mi padre, me decía que el niño que llevaba dentro necesitaba carantoñas. Un padre o una madre que lo tomase entre sus brazos y lo meciese. Pero sus padres no estaban. Y a mí me daba miedo, pues la bestia salvaje nunca andaba suficientemente lejos, así que mantenía las distancias con él aunque me daba cuenta de que sufría, de que su mundo interior debía de ser como una sala de tortura medieval, con gritos lastimeros rebotando en las paredes húmedas y heladas.

No podía ayudarlo. Ni siquiera viajando en el tiempo. Había cosas que no podía cambiar. Si mi padre no hubiera sufrido, su vida habría sido distinta, no se habría casado con mi madre y ni Gilles ni yo habríamos existido. Empezaba a entender que no podría impedir la muerte del heladero. Precisamente porque era el acontecimiento que había hecho nacer en mí la voluntad de viajar en el tiempo. Si el heladero no moría, yo no inventaría la máquina: era la clásica paradoja temporal. La clave de mi nueva vida debía de estar probablemente en otro lado. Pero daba igual cuál fuera el acontecimiento, siempre y cuando consiguiera salvar a Gilles. Sólo a Gilles, con sus dientecitos de leche y su sonrisa.

Ahora tenía once años. Ya no nos hablábamos. Y si alguna vez se dignaba a dirigirme la palabra era casi siempre para insultarme o para hacer reír a mi padre. Pero yo sabía que, de algún modo, todavía me quería. No había olvidado su mirada tras el juego nocturno en el bosque. Alguna vez me entraron ganas de hablarle de mi proyecto de construir una máquina del tiempo, de mis clases de física, del profesor Pavlović, pero sabía que no debía hacerlo. Era demasiado peligroso. ¿Y si se lo contaba a mi padre? De todos modos, no lo habría entendido. Además, habría tenido que confesarle que lo quería, y no podía decirle algo así. Se habría burlado de mí y me habría herido profundamente. Así que no le decía nada. Y seguía adelante.

El profesor Pavlović me aseguraba que ya había alcanzado el nivel para entrar en las más prestigiosas facultades de física. Llevaba dos años visitándolo regularmente. Y mi padre aún no sabía nada. Me las había apañado para planificar las clases en horario laboral mientras él estaba en el parque de atracciones. Pero ahora que ya no trabajaba resultaba más complicado. Sobre todo porque me vigilaba. Se aburría, no sabía qué hacer con su vida y casi nunca salía de casa.

De hecho, desde que habían empezado las vacaciones yo era la única que salía de casa. El ambiente era tan asfixiante que nos aplastaba a los cuatro, minando la poca salud mental que les quedaba a mi padre, mi madre y mi hermano. Nada más entrar en el vestíbulo, percibía el aliento de sus fauces en el cogote.

Mi padre dormía cada vez más, así que procuraba quedar con el profesor Pavlović al alba para poder volver a casa antes de que se hubiera levantado de la cama.

Afortunadamente, el profesor Pavlović se mostraba comprensivo y no hacía preguntas.

Yaëlle empezaba a perder la cabeza. A veces, irrumpía en el comedor en medio de una clase, caminaba hacia mí tan rápido como se lo permitían sus viejas piernas y me abrazaba entre gemidos. Yo no sabía si quería que la consolara o quería consolarme ella a mí. Probablemente ambas cosas, pero era incapaz de acostumbrarme a la visión de la máscara echándoseme encima sin previo aviso.

Lo raro era que Yaëlle se desplazaba sin hacer el menor ruido, como un espectro que flotara a varios centímetros del suelo. Llegué a preguntarme muy en serio si aún estaba viva o era una alucinación compartida con el profesor Pavlović. Cuando Yaëlle sufría una de sus crisis, interrumpíamos la clase unos minutos hasta que se calmaba. Yo dejaba que me estrechara entre sus brazos con una mezcla de incomodidad y de compasión. Olía bien. Creo que era su crema hidratante. La mayoría de las veces se calmaba por sí sola, los gemidos cesaban y abandonaba la estancia en silencio. Pero en algunas ocasiones la máquina se descontrolaba y Yaëlle perdía el dominio de sus emociones. Entonces, los gemidos se convertían en lamentos interminables, como había ocurrido el año anterior, y el profesor tenía que acompañarla a la sala de estar y tranquilizarla susurrándole palabras que yo no alcanzaba a oír.

Así había empezado el verano, y poco a poco iba acostumbrándome a las crisis de Yaëlle. Y a despertarme al alba. La verdad es que me gustaba: tenía la impresión de estar tomando ventaja en mi gran carrera contra la muerte.

Pero una mañana no sé qué pasó. Quizá me entretuve en casa del profesor Pavlović, quizá mi padre se levantó más temprano que de costumbre. No lo sé. El caso es que llegué a casa y él ya estaba sentado a la mesa con su taza de café, desayunando en silencio junto a mi madre y a Gilles. Las tres cabezas se volvieron hacia mí cuando crucé el umbral del comedor.

Mi madre estaba lívida. Nunca le hablaba de mis clases con el profesor Pavlović. Ni siquiera sabía si se acordaba. Supongo que sí, pero su cerebro cada vez tenía más lagunas, especialmente desde que los ataques de ira de mi padre se habían intensificado. En cualquier caso, estaba atemorizada. Más de lo habitual.

Mi hermano parecía cansado y ajeno a todo, como siempre. Volvió a hundir las narices en el bol de cereales y el pelo largo enmarcó su cara alargada.

Mi padre tenía aquella expresión extraña en la boca.

—¿De dónde vienes?

Sabía que era capaz de oler las mentiras. Y de notar la efervescencia que la ciencia me provocaba. Su alma se había conectado a la mía y había descubierto que estaba viva, mucho más viva de lo que nunca habría imaginado. Pero tenía que mentirle, no había alternativa.

—Estaba paseando a *Dovka*.

—Mentira.

Mi madre se arrugó en la silla como una pasa de Corinto, una pasa de color blanco. Me pregunté si tendría miedo por ella o por mí.

—Que sí, te lo juro, yo...

—Ven aquí.

Di dos pasos hacia la mesa. No habría más de un metro entre nosotros. Su semblante transmitía algo parecido a la tristeza, como si el niño que llevaba dentro temiese lo que iba a ocurrir pero fuera prisionero del cuerpo de su verdugo.

—Acércate más, siéntate.

Su tono de voz era amable, casi tierno. Pero no me engañaba. Mi padre había visto lo que no tendría que haber visto nunca: mi fuerza. Me senté en la silla que me indicaba, a su lado.

—¿Qué pasa? ¿Que la señorita se cree más lista que nadie?

Mi madre estaba tan tensa que si alguien la hubiera tocado en aquel momento se habría hecho añicos como una vidriera. Gilles se levantó y abandonó la estancia. De pronto, volvió a dolerme la costilla.

Noté la masa corporal de mi padre a escasos centímetros de mí, todo su peso contra el mío. Tuve una imagen muy precisa de mí misma, sola en una playa frente a una ola de treinta metros. Mi fragilidad era desoladora.

—Entonces, ¿qué? No estamos a tu altura, ¿es eso?

Había adoptado aquel tono de perro gruñón, muy bajo, casi inaudible. Me agarró del cuello con una de sus manazas, como si fuera un anzuelo de cinco puntas, y apretó.

—¿Qué pasa? ¿Por qué no contestas?

Intenté decir algo, pero la presión no me dejaba.

—¿Te crees que no veo tus aires de princesa? ¿Te crees que vales más que nosotros?

Se puso en pie y me levantó por los aires como a un gatito. *Dovka* empezó a ladrar. Ya no podía respirar. La mano me comprimía la yugular externa impidiendo que la sangre fuese a buscar oxígeno para el cerebro. Sabía que aún podía vivir varios minutos así, pero tenía la convicción de que iba a morirme allí mismo. Había dejado de pensar. No era más que un organismo que se debatía contra la muerte sabiendo que el combate estaba perdido de antemano. Mi cuerpo se retorció durante un tiempo incalculable mientras mi padre seguía hablando. En realidad, creo que se había puesto a gritar, pero yo no lo oía: tenía demasiada sangre en la cabeza. No pude confirmarlo hasta que el anzuelo de cinco puntas me soltó y caí al suelo. Entonces, los sonidos volvieron de golpe. Y, en efecto, estaba chillando.

—¡PEQUEÑA ESTÚPIDA! ¿TE CREES QUE VAS A PODER SEGUIR DESCOJONÁNDOTE EN MI CARA DURANTE MUCHO TIEMPO?

Se desahogó a base de insultos. Me hice un ovillo, dispuesta a encajar los golpes, pero los insultos bastaron para apaciguar su furia. Me dijo: «Lárgate de aquí, no quiero verte más. Y si ese chucho vuelve a ladrar, te juro que me lo cargo.» Me levanté y subí con *Dovka* a la habitación.

Me refugié en la cama. Y descubrí que no lloraba. No había vuelto a llorar desde el episodio del juego nocturno. Algo dentro de mí se había fosilizado. Me dije que no era buena señal. Me negaba a ser una presa o una víctima, pero quería seguir viva. Viva de verdad, con emociones. Hice un esfuerzo por llorar, sentía que era necesario, un reflejo de supervivencia. Di grandes paletadas buscando liberar mi fuente interior, pero no tuve que cavar mucho tiempo: las lágrimas manaron sobre la almohada como un diluvio salado.

Dovka se acurrucó contra mi vientre. Me di cuenta de que el miedo no me había abandonado desde el episodio del bosque, como un buitre carroñero siguiendo a un animal herido. Había fingido ignorarlo para poder avanzar, pero el miedo seguía allí, incrustado en mi carne.

No salí de la habitación hasta el atardecer, cuando mi madre me llamó para que la ayudara a preparar la cena. Un tartar de ternera. Otra vez carne. Quería que preparase una vinagreta para la ensalada. Parece ser que se me daban bien las vinagretas. El sonido del telediario vespertino me llegaba desde el salón. Hablaban de corrupción y de malversación de fondos públicos. Mi padre dijo: «Putos politicuchos de mierda. Me los llevaba a rastras a la plaza y les pegaba fuego a todos, a ver si así se les quitaban las ganas de seguir dándonos por culo...»

Mi madre dijo: «¡A la mesa!»

Mi hermano bajó.

Y cenamos en silencio.

Sacaba a pasear a *Dovka* todos los días y todos los días pasaba por delante de la casa del Campeón con la esperanza de verlo. A veces sucedía: me lo encontraba cortando el césped, volviendo a casa con sus hijos o descargando la compra del coche. Me limitaba a hacerle una señal con la mano. Con eso me bastaba. Pero no dejaba de alimentar la confusa esperanza de un encuentro, de una sonrisa, de un beso. Mientras tanto, me conformaba con lo que me daba. Roía cada uno de los instantes que habíamos pasado juntos como si fueran huesecillos con restos de carne.

Una noche que fui a cuidar a sus hijos, la Espiga y el Campeón volvieron antes de lo habitual. Ella parecía cansada y un poco triste. El verano tocaba a su fin. Era una de esas noches de agosto en que nos hemos acostumbrado tanto al sol y al calor que creemos que van a durar para siempre. Y si por casualidad encontramos en un armario un abrigo de invierno o unas botas de nieve, nos preguntamos confundidos para qué habremos podido necesitarlos. Una de esas noches en que una cree que pasará el resto de su vida en *shorts*, camiseta y chanclas.

Como siempre, la Espiga entró y me dio el dinero. Y, como siempre, el Campeón me esperó en el Golf. Me senté a su lado.

—Hola.

—Hola.

—¿Ha ido todo bien?

—Sí, estupendo, como siempre.

El Campeón detuvo el Golf a unos metros de mi casa. Y apagó el motor. Nunca antes lo había hecho. *Dovka* estaba a mis pies y el Campeón se inclinó para acariciarla.

—¿Qué tal está?

—Bien, bien. Muy bien.

—¿Cuántos años tiene ya?

—Cuatro.

Su mano pasó de la cabeza de *Dovka* a mi antebrazo.

—¿Y qué piensas hacer cuando acabes la escuela?

Puso sus dedos en el pliegue de mi codo.

—Viajar.

—Ah, eso está muy bien. ¿Y adónde quieres ir?

Sus dedos me acariciaron el brazo y subieron hasta mi hombro. Era incapaz de moverme. Tenía miedo de que se detuviera, miedo de que se fuera, miedo de mi cuerpo, que ya no podía controlar. Respondí lo primero que se me pasó por la cabeza.

—No lo sé. A cualquier sitio, siempre que sea lejos de aquí.

El Campeón apartó los dedos. Interpretó mi respuesta como un rechazo. Esbozó una sonrisa nerviosa.

—Ya... En fin, buenas noches... ¡Hasta la próxima!
Yo no quería que parase, pero no podía decírselo. Tampoco podía salir del coche. La sensación no podía detenerse. Mi cuerpo se abalanzó sobre él. Mis manos se aferraron a sus hombros como si fuese un salvavidas y mi cara devoró la distancia que la separaba de la suya. Nuestros labios se reencontraron como cuatro animalitos juguetones fuera de control. Más que un beso era una fiesta. Notaba cómo cada célula de mi cuerpo lloraba de alegría. De hecho, lloré de verdad. Al acariciarme las mejillas, el Campeón notó las lágrimas y alejó mi cara de la suya para mirarme.

—¿Estás bien?

Asentí con la cabeza y le besé las mejillas, los ojos, la boca, el cuello. Abrió la puerta del coche, me cogió de la mano, rodeó la casa y me llevó al bosque de los Colgaditos. Hacía tiempo que no iba. Al principio porque estaba enfadada con Monica y no quería encontrármela; pero luego, al cabo de un tiempo, creo que empecé a sentirme culpable por no haber ido a verla. Y cuanto más tiempo pasaba, más culpable y avergonzada me sentía, así que iba a pasear a *Dovka* a los campos que hay al otro lado de la Demo, lo cual me permitía, además, pasar por delante de la casa del Campeón y tener más posibilidades de verlo.

El Campeón eligió un árbol y me apretó contra la corteza. Me pasó la lengua por la boca, tal como había hecho el año anterior. Emitió el mismo «Mmmmmm» de placer, pero esta vez sin resistirse. Sus manos, delicadas y ávidas, me acariciaron la barriga, luego los pechos. Mi boca exploró su piel ligeramente salada, mineral. Tenía ganas de todo, de que sus dedos palparan cada parcela de mi cuerpo y de mi interior: el interior de mi carne, de mi vientre, de mis pulmones, de mi cabeza. Quería que me abriera, que sus manos se perdieran en mi carne, en mis músculos, en mis tripas, que sus dedos se deleitaran con mi sangre caliente, que tomara mis huesos y los quebrara. Quería que me destrozara, que me devorara, que me descoyuntara.

Con un gesto preciso, casi brusco, me cogió de la cintura y me dio la vuelta, mi cara contra la corteza. Oí el tintineo de su cinturón. Me metió las manos por debajo del vestido, me acarició las caderas y me bajó las bragas. Su carne me penetró. Sentí un ligero dolor. Mi vientre se contrajo. «Voy a entrar suavemente.» Mete y saca. En el bosque de los Colgaditos. A pocos metros de la hiena. Su respiración entrecortada en mi nuca. El alarido de mi vientre. La Espiga estaría esperándolo. Otro poquito de dolor.

El cuerpo del Campeón se tensó, sus manos se aferraron a mis caderas, hundió sus dedos en mi carne, su garganta gimió, sus riñones embistieron con mayor violencia, dio varias sacudidas y sus músculos se relajaron. Su mole de caballo salvaje se desplomó sobre mí con todo su peso, vencida. Se quedó así unos segundos, luego debió de recordar dónde estaba y se volvió a vestir. Vio la sangre y dijo:

—¿Era tu primera vez?

No respondí.

—Pero ¿por qué no me lo has dicho?

No respondí. Dijo:

—Lo siento, tengo que irme.

—No pasa nada, lo entiendo.

Y se fue.

Me quedé sentada unos minutos a los pies del árbol. La luna salpicaba de luz la alfombra de hojas muertas. *Dovka*, que se había ido a dar una vuelta, volvió a tumbarse a mi lado y metió el hocico entre mis manos. Me preguntaba qué habría significado aquella noche para el Campeón. Me preguntaba qué había significado para mí. Y qué deseaba ahora. Tenía ganas de hacer el amor otra vez con él, a los pies del árbol. Y luego dormirme entre sus brazos. Que fuese mi refugio, un lugar seguro donde estuviera a salvo de la hiena, sin armas, totalmente desnuda. Pero no quería ser suya ni que él fuera mío. No quería ni juramentos ni promesas. El regocijo de nuestros cuerpos reencontrándose, nada más. Sabía que lo amaba y que lo amaría hasta la muerte con un amor que tenía algo de fidelidad y de lealtad, la misma lealtad que me unía a Gilles. Habría dado la vida por ellos. La única diferencia era que el Campeón no me necesitaba, mientras que la vida de mi hermano, su vida verdadera, dependía de mi trabajo.

Una nube hermosa, fina como una serpiente, pasó por delante de la luna. Yo me sentía bien. Sabía que nadie podría quitarme lo que acababa de vivir. Lo importante no era haber hecho el amor. Sinceramente, me había decepcionado un poco: nada que ver con el éxtasis que mi cuerpo estaba esperando. Pero ahora había un lazo que me unía al Campeón. Eso era lo importante. Y estaba segura de que también era importante para él.

Algo se movió a lo lejos, justo enfrente de mí. Más que verlo, lo percibí, pero no había duda: alguien me estaba observando. Desde el lugar en que me encontraba se veía nuestra casa. El bosque descendía en suave pendiente hacia la verja que daba al corral de las cabritas, luego al jardín y finalmente a la terraza. Un toldo proyectaba su inmensa sombra sobre las baldosas azules y sumergía la mitad de la terraza en una negrura impenetrable, mientras que la otra mitad quedaba bañada por la claridad de la luna. Yo estaba demasiado lejos para distinguir qué se había movido, pero tenía la convicción de que había alguien en la terraza. Fuera quien fuese, hombre o mujer, no podía habernos visto: la distancia y la oscuridad eran demasiado grandes. Pero si se trataba de mi padre, su alma podía haberse conectado perfectamente con la mía. Semejante idea borró de un plumazo la alegría que me embargaba, como una borrasca negra y glacial. Un terror ciego me recorrió la espina dorsal y me oprimió los pulmones. Noté sus ojos. Estaba allí, indudablemente. Y me veía sin mirarme, con su sexto sentido de cazador. Estaba allí, con los ojos inyectados en sangre y la mandíbula desencajada. Acariciando a la hiena sentada a su lado. Había visto mi felicidad y salivaba ante la mera idea de aniquilarla.

En los últimos años había erigido un reino que me protegía de su ira, un reino habitado por el profesor Pavlović, el Campeón, la Espiga, Takeshi y Yumi. Había conseguido construirme un paisaje interior sólido y fértil, y gracias a las toneladas de ingenio que había desplegado para ocultarlo tras un decorado seco y gris mi padre no se había enterado de nada. No sabía quién era su hija. Pero ahora lo había descubierto: el decorado se había caído, lo estaba viendo todo. Y se disponía a destruirlo. Tal vez a matarme, incluso. Y eso no podía permitírselo. Estaba en juego la vida de Gilles. Gilles, con sus seis años, su risa y su helado de vainilla y fresa.

No podía volver a casa. Pensé en refugiarme en casa del profesor Pavlović o incluso en la del Campeón, pero eso no haría más que postergar el problema. Como queriendo dar respuesta a mis reflexiones, la voz de mi padre tronó en la oscuridad.

—¡*Dovka*!

No tuve tiempo de retenerla, su cuerpecito se separó de mí y corrió hacia la casa, alegre y confiado. Yo grité: «¡*Dovka*, no! ¡*Dovka*!» Pero no me oyó. O no quiso oírme. *Dovka* era parte de mí, la parte más inocente. Mi padre lo sabía y la atraía hacia sus garras. Podía notar su negra sonrisa bajo el toldo. Di un brinco y bajé la pendiente a toda mecha, con los hombros hacia delante, alejados de mi centro de gravedad, a punto de caer. Cuando llegué a la verja, *Dovka* ya había conseguido saltarla. Demasiado tarde: estaba cayendo de lleno en la trampa de mi padre. Pasé junto al corral de las cabritas, las muy imbéciles estaban durmiendo. Seguí adelante. La silueta de mi padre se recortaba ahora nítidamente contra el muro gris guano de la casa. Estaba de pie y tenía a *Dovka* en brazos. Era la viva imagen del borracho. Cuatro años después, volvía a vivir la misma situación. Bueno, no exactamente la misma. En absoluto la misma, de hecho. Esta vez, decididamente, no había nadie para protegerme.

No me separaban más de dos metros de mi padre. Tenía una mirada que no le había visto nunca, ni siquiera cuando perdía el control en sus ataques de ira. Cuando le pegaba a mi madre, en sus ojos había un punto de tristeza, como si fuera prisionero de su rabia y la sufriese. Pero ahora era otra cosa. Era la hiena, que había tomado completamente el control y se disponía a cumplir los proyectos que había ido alimentando durante años encerrada en su cuerpo disecado. Estaba disfrutando de lo lindo. Mi padre tenía la boca abierta y su maxilar inferior se movía como si se estuviera riendo, pero sin emitir ningún sonido. La boca se abría del todo, se cerraba un poco y se volvía a abrir, como si masticara el aire con una sonrisa macabra.

Con una de sus manazas estrujó el cuello de *Dovka*, que soltó un extraño gruñido antes de asfixiarse. Su cuerpecito se debatía exactamente igual que lo había hecho el mío unos días antes. Sus patas arañaban el aire como si pretendiera salir corriendo y librarse de lo que estaba a punto de ocurrir. Si yo no intervenía pronto, iba a ser demasiado tarde.

Sin pensármelo dos veces, recorrí la distancia que me separaba de mi padre, me abalancé sobre él y le mordí la muñeca más fuerte aún de lo que había mordido al padre del gordinflón en el bosque. Mis incisivos se hundieron en la carne hasta tocar el hueso. Debieron de cortar una vena importante porque se me llenó de sangre la lengua y luego la garganta. Mi diafragma se contrajo, pero conseguí controlar las náuseas. Mi padre no soltó el cuello de *Dovka*. Me agarró del pelo con la otra mano y tiró tan fuerte que creí que iba a arrancarme el cuero cabelludo. Mordí más fuerte aún, deseosa de cercenarle la mano de un mordisco. Una idea curiosa cruzó por mi mente, la idea de que mi boca servía, con apenas quince minutos de diferencia, tanto para morder a mi padre como para besar al Campeón. De que mi cuerpo había pasado de instrumento de placer a instrumento de dolor en unos pocos segundos.

Nada estaba dispuesto a soltarse, ni su mano, ni mis dientes, ni mi pelo, así que empecé a dar puñetazos a diestro y siniestro con ambas manos, a ciegas. Sabía que no le haría daño, pero podía cabrearlo lo suficiente como para que soltara a *Dovka* y se ocupara sólo de mí. La táctica funcionó. Noté cómo sus tendones se relajaban entre mis dientes y oí el golpe que el cuerpo de *Dovka* hacía al impactar contra las baldosas azules. Con la mano que aún me agarraba del pelo acercó mi oreja a su boca y gruñó: «Así que tienes ganas de jugar...» Alejó mi cara de la suya y me atizó un puñetazo en la mandíbula. Me soltó del pelo y mi cuerpo se desplomó justo al lado de *Dovka*. No se movía. Sin tiempo de comprobar si seguía con vida, me protegí la cara con los brazos.

La puntera ancha y dura de la bota de caza de mi padre se me hundió en el vientre. La primera patada me cortó la respiración. Las siguientes parecían querer convertir mi aparato digestivo en una papilla de tejidos orgánicos. El sabor metálico que me inundó la boca me hizo sospechar que podía conseguirlo. Intenté protegerme la barriga con las manos. Entonces me agarró por la cabeza. Una de sus manazas me cogió de la mandíbula y sus dedos se me clavaron en las mejillas como si quisiera destrozarme la cara, como si quisiera pulverizar mi existencia y mi identidad. Intenté defenderme, pero él era más rápido. Volvió a golpearme. Una de mis cejas impactó contra una piedra. Un impacto realmente fuerte. El golpe resonó hasta en las raíces del cerezo. Noté el chorro de sangre y me enrosqué sobre mí misma.

Había visto tantas veces a mi madre en idéntica posición, muerta de miedo, esperando a que pasara todo. Pero yo no podía quedarme inerte. No podía por varios motivos: porque yo no era mi madre, porque no podía fallarle a Gilles y porque la fiera que dormitaba agazapada en mis entrañas acababa de despertarse. Y estaba de mal humor, de muy mal humor. Oí cómo musitaba: «Pensaba que lo había dejado claro la última vez, me cago en la puta.» Vomitó de nuevo a sus criaturas, que se alimentaron de la violencia de mi padre y de la fuerza que el Campeón acababa de darme. La fuerza no se transmite sexualmente, la científica que había en mí era consciente de ello, pero en aquel momento lo creí: la fuerza del Campeón corría por mis venas. Su cuerpo era el mío. Tenía su masa muscular y su preparación y mi padre no iba a ser capaz de hacerme frente.

Se inclinó hacia mí. No se imaginaba lo que le esperaba. Esta vez fue mi puño, o el puño del Campeón, o vete a saber qué, lo que se proyectó hacia delante. Oí el CRAC de su tabique nasal. Cayó de espaldas sobre la mesa de hierro forjado. Experimenté la vívida sensación de tener zarpas en lugar de dedos. Le desgarré la carne de la cara. Noté los trocitos de piel que se me acumulaban bajo las uñas. Aproveché el efecto sorpresa para meterme en la cocina. Sabía que con las manos desnudas no podría plantarle cara mucho rato. La brecha de la ceja me inundaba de sangre el ojo derecho. Avancé a tientas. Había un portacuchillos de madera en la encimera.

Mi padre franqueó la puerta de vidrio en el preciso instante en que yo sacaba el enorme cuchillo de cortar carne. «Cortar carne»: la expresión me taladró el cerebro. Miré a mi padre. Mi padre miró el cuchillo. Pequeñas cascadas de sangre brotaban de sus fosas nasales y de las heridas alargadas que surcaban sus mejillas. Tras la sorpresa inicial, soltó una risa sarcástica. Parecía gustarle el juego. «¿Se puede saber qué vas a hacer con eso, mi hijita?» Las cascadas afluían a sus labios. Tenía los dientes rojos. Fue entonces cuando entró mi madre.

—¿Has visto qué bien has educado a tu hija? Primero folla en el bosque y luego pretende matar a su padre.

No sé por qué, de pronto pensé que no me había vuelto a poner el jersey holgado y que estaba allí, delante de mi padre, con mi vestidito de flores. La vestimenta tendría que haber sido la última de mis preocupaciones, pero me pareció importante en aquel momento. Yo no me movía. Mi padre estaba a un metro de mí y del cuchillo. Y tampoco se movía. Mi madre se encontraba dentro de mi visión periférica. No podía verla con precisión, pero me imaginaba perfectamente su cara. Boquiabierta y ojiplática, el terror personificado, como Wendy en *El resplandor* de Stanley Kubrick. ¿Qué pretendía?

Con el cuchillo en ristre me preguntaba cómo atacar para no errar la estocada. Sabía perfectamente que no tendría una segunda oportunidad. Un solo cuchillazo, contundente, preciso, mortal. Miraba a mi padre y a la hiena que habitaba en su interior, y calculaba cada parámetro, sopesaba cada hipótesis. Intentaba ignorar la voz que empezaba a elevarse y a invadir mi sistema sanguíneo como un torrente helado. Sin embargo, la voz se imponía, más poderosa que la criatura que vivía en mis entrañas. Estaba prohibido hundir la hoja del cuchillo en carne viva. Visceralmente, desde lo más profundo de mi condición humana, milenios de civilización me gritaban que no tenía derecho a hacerlo. Que sería peor que mi propia muerte. Que yo no era así. La hoja del cuchillo. Mi adolescencia lacerada. El odio volcánico que sentía por mi padre. Sus manos de verdugo. Su aliento de forúnculo. Las palabras de amor que nunca me había dicho. Los gritos de mi madre. La risa de Gilles. *Dovka.*

181

Era tan liviano y, sin embargo, pesaba tanto. De pronto me sentí terriblemente cansada. Tan cansada que deseé que todo terminara. Allí mismo, en la cocina. Estaba dispuesta a capitular. Mi padre tenía razón: la presa acaba rindiéndose e implorando su muerte. El cazador la libera. Mi padre se dio cuenta. Soltó otra carcajada y vino hacia mí.

—Ay, mi hijita. Mi hijita pequeña.

Estaba a punto de morir. Sólo deseaba que fuese una muerte rápida. Que lo hiciese limpiamente. Recé porque mi madre saliera de la habitación, porque no viera el espectáculo. También me supo mal por el profesor Pavlović. Por todo el tiempo que había invertido llenándome la cabeza con unos conocimientos que ahora se iban a volatilizar. Miré a mi padre. No sé por qué, algo en mi interior confiaba en que se transformaría súbitamente, en que se convertiría en un padre de verdad. Pero sólo vi a un depredador.

Su mano agarró la mía, la que blandía el cuchillo. Noté su sangre caliente en mis dedos.

—Eres demasiado débil, mi hijita.

Cogió el cuchillo. Mis dedos no se resistieron. Noté la hoja en la garganta. Pensé: «Así está bien.»

No tenía miedo. Y sabía una cosa. Que no era débil. Aceptaba morir a los quince años. Había entrevisto todas las maravillas que la vida podía ofrecerme. Había visto el horror y había visto la belleza. Y la belleza había ganado. No era débil. Aceptaba perder a Gilles para siempre. Aceptaba no volver a rescatarlo. No era débil. No era una presa.

Antes de cortarme la carótida, mi padre acercó su cara a pocos centímetros de la mía.

Una segunda silueta apareció junto a la de mi madre. Mi padre giró la cabeza. Mi hermano lo estaba apuntando con una pistola. Yo no tenía ni idea de armas, pero entendí por la expresión de mi padre que no era ningún juguete. Parecía enorme en la manita de mi hermano.

Sólo tenía once años, no era más que un niño. Me pareció tan pequeño de repente. Un muchachito. Miré el arma que empuñaba y pensé en el helado de fresa y vainilla. Habían pasado cinco años. Y por primera vez desde el accidente del heladero volvía a ver a Gilles: estaba allí, mi hermanito querido.

El enjambre que zumbaba en su cabeza parecía haberse disipado. Estaba llorando, pero no le temblaba el pulso. La tribu había recuperado el control de su cerebro. Desde donde estaba, podía oír los hurras victoriosos de la aldea de irreductibles galos.

Mi padre me soltó.

—Gilles, dame eso.

Parecía un domador que hubiera perdido el control de una de sus fieras.

—¡Gilles!

Pero Gilles no se movió.

—¡Dispara, Gilles!

Era mi madre. ¿De verdad había dicho eso? Mi padre se volvió hacia ella. Sí, lo había dicho de verdad. Y sabía que mi padre, si no moría aquella noche, la mataría por haber pronunciado aquellas dos palabras. Pero ella también estaba agotada. Alguna cosa tenía que concluir. En realidad, quizá era lo único que compartíamos los cuatro, las ganas de acabar con aquella familia. Me pregunté si habíamos compartido un solo momento de felicidad. Recordé unas vacaciones a orillas de un lago, en algún lugar de Italia. Yo tendría siete u ocho años. Estábamos dando un paseo por un pueblo muy bonito. Mientras cruzábamos un puente de piedra, mi padre se puso a fotografiar el río y detrás de nosotros un hombre llamó a su hijo. Era un hombre descomunal, con pinta de criador de toros, pero tenía una voz ridícula: un hilito de voz aguda y aflautada, como si fuera una cabrita con catarro. Mis padres se pusieron a reír, los dos juntos. Gilles y yo nos sumamos a la fiesta. Gilles se reía sin saber por qué, como hacen los niños pequeños, simplemente para sentirse incluidos en el mundo de los adultos. El hombre se dio cuenta de que nos burlábamos de él, así que nos metimos por las callejuelas del pueblo riendo como alumnos traviesos. Aquel momento de felicidad había existido, pero había sido tan fugaz que podría calificarse más bien de feliz casualidad. Y ahora mi familia iba a desaparecer. La orden de mi madre era inútil. Gilles ya había tomado una decisión. Mi padre lo entendió. Lo entendimos todos.

Disparó.

Primero oí el ruido sordo del cuchillo al impactar contra el linóleo. Luego, el cuerpo de mi padre se desplomó como lo habrían hecho antes que él los cuerpos disecados del cuarto de los cadáveres.

Pero no estaba muerto. Gilles le había disparado en el vientre. El enorme cuerpo de mi padre empezó a contorsionarse como un pez sobre el puente de un barco pesquero. Intentaba contener con ambas manos la sangre que se le escapaba. Parecía un animal. Estábamos inmersos, más que nunca, en el orden natural del mundo, donde cada organismo lucha por sobrevivir. El cuerpo de mi padre intentaba rebelarse resistiéndose a su propia muerte.

Gilles tenía demasiada puntería como para haber fallado el tiro. Sabía perfectamente dónde había disparado: quería que mi padre tuviese una agonía a la altura de su existencia.

El olor de la sangre se propagó por la cocina. Un olor tibio y nauseabundo. Los ojos de mi padre daban vueltas en sus órbitas, como en esas máscaras de Halloween de mirada vacía. Un hilo de baba sanguinolenta brotaba de sus labios. Mi madre lo miraba tapándose la boca con las manos.

El rostro de Gilles mostraba la satisfacción de quien acaba de cumplir una tarea útil para la colectividad, como barrer un montón de hojas muertas en la acera. Yo sólo quería que todo terminara, que terminara ya.

—Gilles, por favor, haz que se acabe.

No lloraba. Ya habría tiempo más tarde. Mi hermano se acercó a mi padre, que agonizaba entre convulsiones. Su garganta hipaba de un modo que habría sido gracioso en otras circunstancias.

Con la seguridad de un experto en la materia, Gilles dijo:

—No te preocupes, ya casi está.

Me daba igual el «casi», quería que se acabara ya.

—Por favor te lo pido.

Mi hermano apuntó a la cara de mi padre. O hacia lo que quedaba de ella: un saco de dolor abyecto.

Y disparó. La bala atravesó el pómulo destrozándole la cara. Su cuerpo dejó de funcionar como si hubiéramos apagado un interruptor. *Off*.

Off, papá.

Dicen que el silencio que viene después de Mozart sigue siendo Mozart, pero nada dicen del silencio que viene después de un disparo. Y de la muerte de un hombre. Supongo que tampoco hay tanta gente que lo haya oído.

Levanté los ojos hacia Gilles. Allí estaba. Mi hermanito querido. Estaba allí y lloraba. Tuve la sensación de que regresaba del mundo de los muertos. El parásito no había podido con él.

No sé por qué, me puse a tararear el *Vals de las flores* de Chaikovski. A lo mejor quería que fuese el trapo de los malos recuerdos y no quería ensuciar ninguno más. El terror desapareció, desapareció como una manada de lobos que decide dejar de perseguir a su presa.

. . .

No recuerdo muy bien las semanas que siguieron a la muerte de mi padre. Es como una neblina blanca donde emergen de vez en cuando algunos fragmentos. El cuerpo de *Dovka* enterrado en el jardín. Los interrogatorios de la policía. Sólo parecían intrigados por la pistola. No entendían de dónde había salido. No era de mi padre. No era de nadie. El número de serie no estaba registrado. Llegaron hasta el fabricante, que les dijo que aquel modelo ni siquiera formaba parte de su catálogo. Oí que un inspector le decía a mi madre: «No tiene ningún sentido, esa pistola no existe.»

La explicación de Gilles fue bastante confusa. «La encontré en el cajón de mi mesa, junto al cuchillo de caza.» Y en la culata había una inscripción que decía: «El porvenir cuida de ti.»

La policía se cansó de no entender nada y, como no había ninguna duda de que había sido en legítima defensa, la muerte de mi padre fue a pudrirse al fondo de una caja de cartón en el estante de los casos archivados.

Comprendí que, en algún lugar del futuro, lo había conseguido.

Sentada en el banco de piedra que había enfrente de casa, observé cómo los mozos de la mudanza llenaban un camión con los trofeos de mi padre: un arca de Noé muerta. Un coleccionista había comprado el lote entero. Seguro que mi madre se lo había vendido por un precio ridículo.

Gilles vino a sentarse a mi lado. Las puertas traseras del camión se cerraron y los ojos amarillos de la hiena dejaron de mirarnos. Pero yo sabía que, en realidad, no me abandonarían nunca. El camión se alejó calle arriba y cerré los ojos. En aquel preciso instante empezó la segunda parte de mi vida. El día se acababa y mi historia comenzaba.

Por un lado, estaba lo que debía olvidar. El miedo salvaje, sanguinario, que se enrollaba alrededor de mi cuello susurrándome que no se trataba más que de un amasijo de carne y nervios, tarareando una canción cuya letra decía que lo que me separaba del sufrimiento era tan fino y frágil como la fontanela de un recién nacido.

Por otro lado, estaba lo que debía conservar. La brisa del crepúsculo en mis párpados. La fiera rabiosa que había vuelto a dormirse en lo más hondo de mis entrañas. Las manos del Campeón que aún notaba en mis caderas.

Y la sonrisa de Gilles.